フェリス・カルチャーシリーズ 1

源氏物語の魅力を探る

Ferris Culture Series

翰林書房

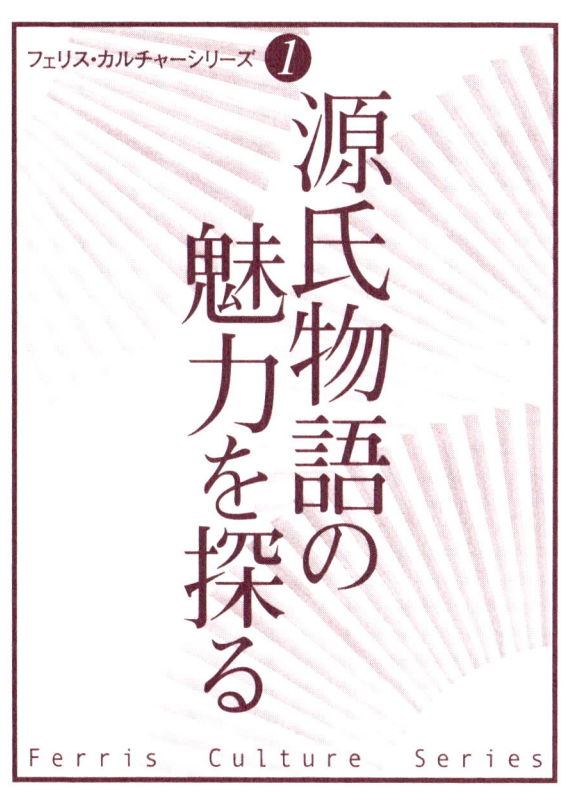

フェリス・カルチャーシリーズ発刊の言葉

このたび、わたしどもの大学では、御好評をいただいた横浜市民大学の連続講演会の記録の一部をフェリス・カルチャーシリーズとして刊行することとなりました。

第一巻目は、『源氏物語の魅力を探る』と題して、錚々たる中堅から新進気鋭の若手まで、豪華なメンバーと充実した内容で、お送りします。今という時代の中で、源氏物語の魅力をどう伝えていくかについて、講師それぞれ工夫を凝らし、鮮やかな切り口を見せています。源氏物語研究の最前線の水準を、語りかけるように、伝えようとしたこの論集は、やさしくて中身の濃い多角的な源氏物語論となったと自負しております。

この論集のもとになった講演会は申し込み多数で、お断りした方も少なくなかった人気企画でした。出席された方々は、毎週土曜日、しかも十二週連続という厳しい条件のなか、熱心に参加され、最後までその熱気が持続したことも稀有のことだったと思います。快くご協力くださった、講師の先生方への感謝とともに、出席され、支えてくださったすべての方に感謝します。

その講演会の「熱気」の幾分かでもより広い範囲の方々にお伝えしたいと、急遽このフェリス・カルチャーシリーズを企画しました。当初の計画になかったため、講演の発表原稿そのままという方は少なく、論文として新たに書き下ろされた方もいて、刊行が今日まで遅れましたことを、お許しください。

このささやかな論集がフェリスからの新しい、挑発的なメッセージとして皆様のお手元に届きますように。

フェリス女学院大学文学部
三田村雅子

源氏物語の魅力を探る◎目次

もののけという〈感覚〉
――身体の違和から――

三田村　雅　子

0　モノ化された身体

熱に浮かされたとき、体が思うようにならない時、わたしたちの身体は日常の統御を離れて、違和感のある異質な存在として姿を表す。「もののけ」とは、そうした身体の統御感覚のほころび・欠落を、他者によって占有されたような気分として表す概念である。弱り目の際、もののけが発動するというよりは、自己がしっかり統御できなくなってしまったという感覚なのではないだろうか。

「もの」は、本来名づけられない他者を表す。誰を非難するというわけでもない「もの」に責任を押し付け、「病」を、被害者のように、受身のように受け止める姿勢こそ、「もののけ」経験の原点であろう。

1 〈もののけ〉を見る

しかし、病の原因を他者に押しつけたがる病人がいただけではもののけは発動しない。そこには必ずもののけを感受してしまう観客が必要で、観客・見証の人（判定者）・祈祷僧などの解読行為のただ中にもののけは出現する。19世紀のヒステリーや狐つきが、庇護するまなざしを持った関係者――誰か同情してくれる人、心配してくれる人――の前でしか発現しない「関係性の病」であったように、[*1]「もののけ」は、病を「もののけ」による被害と受けとめることを好む、受けとめがちな観客がいて初めて成り立つ「関係性の病」であった。

そのようなもののけの特質を生かしつつ、これを初めて物語に取り入れたのが源氏物語であった。源氏物語以前にもののけを物語に取り入れたものは見られず、以後の物語でも、「もののけ」のあからさまな模倣・演技の物語（寝覚物語）や、単なるヒステリーとして描かれる「もののけ」（浅茅が露物語）など、もののけ現象の表層を風俗的になぞる使い方であって、源氏物語のように、世間の噂の中で、自分自身がもののけとなっているかも知れないと怯え、その屈辱と絶望に突き落とされていく人を描いたり、親密な者の病悩をもののけの仕業であると断定することを拒みながら、次第にそう考えずにいられなくなる人を描くなど、もののけ現象の「関係の病」としての側面を剔り出すような描き方がされることはついになかった。

源氏物語において「もののけ」を名指すことは第一義的ではない。むしろ特定の名に限定することのできない、うろたえ、怯え、過剰に強迫的に特定の名（六条御息所のような）を、名指してしまわずにいられない不安の蔓延・跳梁こそ、源氏物語が数多くの「もののけ」場面を通じて描き出そうとしたものだったのである。

一般に「もののけ」という誰とも知れない〈他者〉に、ある特定の名前を与え、その他者を排斥・誹謗・中傷することで、集団共通の意志が確認された時、もののけは集団幻想の中に位置を占める。政治的敗北者の恨みから、前妻による後妻への嫉妬など、誰にもわかりやすい、想像のつきやすい体験によって、恨んで当然の人・家筋が特定され、こちらこそ加害者なのだという加害者意識の裂目から、もののけに魘われるのではないかという怯えの共有が始まっていく。言わばもののけという第三項を排除することで、こちら側の人々（わたしとあなたという第一項と第二項）の共同体としての団結を確かめる装置なのである。[*2]

紫式部日記や枕草子に描かれた平安時代におけるもののけの退治の加持祈祷場面を見ると、病

人とそれを取り巻く見証（証人）の人々の前で、祈祷僧がもののけを「よりまし」に乗り移らせ、その恨みを充分述べさせて、発散させ終わったところで祈祷僧のあやつる目に見えない下級霊である護法童子にもののけを縛らせ、封印して川などに祓い棄て、流してしまうのが通例であったことがうかがえる。[*3]

もののけが憑いたままの病人を責めると、一体化したまま責められて病人本人がつらい。あまり大がかりな加持祈祷となると本人が周囲にもののけ治療はやめてほしいと望む場面が多い（栄華物語・紫式部日記）のも、もののけと共にある本人の負荷を語っている。[*4] 本人からもののけを一時的に隔離し、「憑坐（よりまし）」に乗り移らせて、初めて「もののけ」治療は有効に発動する。「憑坐（よりまし）」を責めて告白まで追い詰めるという手順になっていた。

「憑坐（よりまし）」の告白する「もののけ」の語りは、「憑坐（よりまし）」を取り囲む病人およびその家族の抑圧された恐怖を露呈させるような方向に導かれる。「よりまし」にはトランス状態に陥りやすい少年・少女・年若い女房が特に選ばれて役を割り振られていたから、連夜の祈祷（尋問）という極度の疲労・興奮状態の中で、彼らは周囲の期待する「答え」なるものを、無意識的に探り当て、もののけの叫びをわめき出す。言葉にもならない叫び、断片的な言いさし、意味ありげな振舞いに、見守る人々はそれぞれ解釈を貼りつけ、断片的な意味の間隙を埋めていく。「おそらくあれはあの時の恨みを申し述べているのだ……」「この霊はあの人の霊に違いない……」と。おぞましい恨みつらみ、封じ込めておきたかった怨念がここにあらわにされ、引きずり出さ

物の怪調伏（目無経）　目無経下絵に描かれた題名不詳の物語（隠れ蓑物語か）の物の怪調伏場面。女の頭、腰にまつわりつく三本指の「もののけ」（天狗か）を描く。右側のあやしい顔だけの人物はおそらく隠れ蓑の少将。

れる。

もののけのシャワーのような罵声を浴びることで、聞く人々は後めたい罪意識に改めて直面し、そのおののきに充分に曝されることで次第にその恐怖を減じていく。罪の浄化（カタルシス）を獲得すると言ってもよい。聞く者の心に咎めるあれこれが明るみに引き出されてしまった後、エネルギーを使い果した「憑坐（よりまし）」が期待される「名前」を自白し、疲れ、沈黙すると、これをもって「もののけ」退散の徴と祈祷僧は宣言する。

病人本人でもなく、ましてや「もののけ」と名指された張本人を深く知るわけでもない「よりまし」の童がどうして隠されていたはずの「もののけ」

の心中を語ることができるかというと、それこそが周囲の聴衆の期待するもの、公式見解の集約であったから他ならない。「憑坐（よりまし）」の敏感さは、「霊」に対する敏感さと言うよりも、周囲の言葉にされない「期待」に呼応する感度の鋭さを示している。「憑坐（よりまし）」によって期待通りの言葉が、期待通りに発せられることで、一同深く安堵し、「もののけ」の退散、「もののけ」からの解放を確信するのである。

　このようなもののけ退散のプロセスは、僧と「憑坐（よりまし）」による代理劇（ロールプレイングゲーム）であり、その場の病人と観客の内面葛藤のドラマが外化されているのを見ることができる。この経過を見れば、これが民俗儀礼で言う「祀り捨て」の構造となっていることは間違いない。祟り神に名乗らせ、これを祀ることでその霊力を削ぎ、慰撫・鎮撫する「祀り＋捨て」の論理、「取引（バーゲニング）」[*5]の論理によって、見定めがたい「もののけ」は輪郭を与えられ、卑小な「もの」として、管理・掌握・処理されていくのである。

　以上見てきたように、「もののけ」治療は悩む人だけでなく、その悩む人を取り囲む共同体がなくては成立しない。病の原因を判断し、解釈し、その解釈を病人本人と共有する解釈共同体の中から、もののけへの怯えは浮かび上がり、次第に自己増殖を遂げていく。病を病む本人とそれを気遣う人々との間に共通の「敵」が認識された時、「もののけ」治療は始発し、完了する。

2　名のらない〈もののけ〉

だからこそ、「もののけ」は名づけがたさにそのもっとも大きな威力が潜んでいる。共通の「敵」が見えない時、何に対処していいかもわからない漠然とした不安感が蔓延する。そのような不安の自己増殖こそ、もっとも効果的に「もののけ」がその威力を揮う場所となる。

「もののけ」がついにその正体を明らかにした時、もののけとの戦いの勝敗は見えたとされたのである。『紫式部日記』の中宮彰子の出産場面に出てきたもののけたちがそうであったように、葵上にとりついた何者とも知れぬ「もののけ」が手強かったように、威力ある「もののけ」は絶対その名を名のらず、「しうねき」からみつきの戦いを続けていくのが常であった。

そうした名のらない「もののけ」こそ、共同体の解釈を受け付けない、「取引きできない」という意味で、真に恐るべき「もののけ」であったのであるが、源氏物語が取り上げようとする「もののけ」はすべてこの名のろうとしない「もののけ」であることに注意すべきであろう。共同体の「名づけ」行為、レッテル貼り行為に安易に取り込まれない、「しうねき（執念深い）」もののけの気配そのものが、ここでは重要な役割を果たしている。

①物の怪、生霊などいふもの多く出で来てさまざまの名のりする中に、人にはさらに移らず、ただみづからの御身につと添ひたるさまにて、ことにおどろおどろしうわづらはしきこゆる

こともなけれど、また片時離るるをりもなきもの一つあり。いみじき験者どもにも従はず、執念きけしきおぼろげのものにあらずと見えたり。（葵三二）

②ものなど問はせたまへど、さして聞こえあつることもなし。（葵三二）

③いとどしき御祈祷数を尽くしてせさせたまへど、例の執念き御物の怪一つさらに動かず、やむごとなき験者ども、めづらかなりともて悩む。（葵三八）

④「かくのたまへど誰とこそ知らね。たしかにのたまへ」とのたまへば、ただそれなる御ありさまに、あさましとは世の常なり。（葵四〇）

⑤「まことにその人か。よからぬ狐などのいふなるもののたぶれたるが、亡き人の面伏せなること言ひ出づるもあなるを。たしかなる名のりせよ。（略）

——さすがにもの恥ぢしたるけはひ変らず、（若菜下二三六）

⑥「かく言ふは何ぞ」と問へば、憑きたる人ものはかなきけにや、はかばかしうも言はず。（手習二九五）

①②③はいずれも葵上のものの け調伏の場面。験者の祈祷にも関わらずもののけが姿を表さず、白状しないまま、「執念き」もののけがあたかも葵上と一体となったかのように細い泣き声をたて、まつわりついているところである。

このもののけが光源氏の前に出るとにわかに六条御息所らしい雰囲気を漂わせ始める④。光源氏は葵上の常とは違ったまなざし、涙を流すさまに違和感を感じる。と、葵上の声・気配が変わっていく（「とのたまふ声、けはひ、その人にもあらず変りたまへり」）。その気配に、光源氏は六条御息所を直感する。六条御息所の名のりはないが、「ただそれなる御ありさま」と見つめる光源氏は自分の側から迎えてその気配を読み取っているのである。

⑤は、若菜下巻の紫上の容体の急変場面。紫上の危篤状況にあわてまどう周囲の人々を鎮め、もののけのせいに違いないと加持祈祷させた光源氏は、やがて「よりまし」についた霊と会話し始める。ここでも「もののけ」は敢えて名のらないが、「さすがにもの恥ぢしたるけはひ変らず」と、その気配によって、あの昔の六条御息所の霊が再びここに出てきていると光源氏は確信する。

夕顔巻　夕顔（右側にひれ伏している女性）の背後にふっと見えて消えた美しい女のもののけ。髪が光源氏に向けて気を発するようになびいている。

「よりまし」の童は、光源氏の問い詰め（尋問）に誘導されるように、次から次へとあらぬ妄想を口走り、光源氏のコンプレックスを暴き立てる。光源氏自身も何もわからない少女である「よりまし」といつまでも過去を暴き立てるかのような対話を続けている愚かさに気付かないではない。気づきつつ、なおその語りの相手をつい続けてしまう己れという存在に手を焼いているのだ。

光源氏とて「よりまし」が勝手に語り続けるのを放置していたわけではない。「この童の手をとらへてひき据ゑて、さまあしくもせさせたまはず」「なかなかいと疎ましく心憂ければ、もの言はせじと思す」「もののけに向かひて物語したまはむもかたはらいたければ、封じこめて」と、三度にもわたって少女の語りを制止する光源氏を描いているところから考えて、光源氏もまた「よりまし」と語り合う愚かさに気付いていないわけではないことがわかるのであるが、それにもかかわらず、光源氏は少女の振舞いの一つ一つにありし日の御息所の気配を感受する。

感受するがゆえに、光源氏は先回りして、発せられるはずの「言葉」を先取りする。言葉に出される以前、人々に共有される以前の、自分だけの「意味」を、光源氏は先走って一人抱き締めているのである。

遂に名乗られることのなかった「名前」が、こびりつくように光源氏に取り付いて離れず、疑心暗鬼の連鎖を呼び、自己増殖して、固着と妄念を生み出していることを、これらの記述は語っている。

正体を明らかにしない「もののけ」は、正編に止まらない。浮舟にとりついて入水させようとしたのは自分だとみずから名乗り出た「もののけ」も、その具体的な素性は明らかにされないまま、「ものはかなき」「もののけ」と評されている⑥。この「もののけ」は、前世はしかるべき身分の僧だったのだと言うが、その素性は誰であろうとここではもはや問題とされない。そんな「もの」が介在していたのかどうかさえ、ここでは疑われ、胡散臭く遠ざけられているのである。

修行に専念していたという僧のイメージは、ここではむしろ、「もののけ」を呼び出した横川僧都のひそかな思いと共振・連動するように、僧都の無意識の願望をも照らし出すように呼び出されているのであって、浮舟本人には、ほとんど他人事のように受け取られている。名のられることのない「もののけ」は、いかがわしい存在として、宇治の物語の中では、正編以上に、意味の決着を付けられることなく、浮遊し、彷徨っているのである。

これらの名のられない「もののけ」の数々は、「もののけ」の正体なるものが、共同体の場で確認されたのではなく、もののけを見る人間の、周囲から隔絶された個的感触の中で把握され、認知されたものであることを印象づける。「もののけ」はみずから白状したのではなく、むしろまったく白状しないがゆえに、ある人物に違いないと「決め付けられ」、そうである可能性が高いと判断されている。

そこにあるのは、見る側から捉えられた、それらしい「気配」であり、「感触」であり、「臆測」である。源氏物語はその気配を感受してしまう見る側の問題も含めて、主体と主体との間の関係を浮かび上がらせるものとして、「間主体的*6」に、物語世界の構造を彫りあげていこうとしているのである。

「気配」である以上、そこに漂うものが「もののけ」であるのか、それとも病人本人に由来するものであるか、それとも見ている者の単なる思い入れであるのかの境界は、源氏物語の中では常に不分明であると言ってよい。その場面その場面で恣意的に解釈されることで、「もののけ」の意味づけは揺らぎ、上塗りされ、うち消される。あえて不分明に設定されることで、源氏物語の「もののけ」は意味の多義性・重層性を生きているのである。*7

3 〈もののけ〉の多義性

源氏物語の中で「もののけ」が出産場面に特に集中して見られることは。無論当時のもののけ観の反映であろうが、源氏物語の特性はそのもののけの感覚を、悩み、患う女たち自身の身体感覚を通じて描き出そうとしているところにある。藤壺や女三宮のように、密通による望まれない出産である場合は言うまでもなく、妊娠する身体の拒絶反応・つわりは増している。女君たちにとって〈異物〉でしかない胎児は、その成長とともに不安の増殖を体感させるものとなっていく。外側から被せられる「もののけ」に領有された身体という解釈と、女君たちの身体を内から侵略する望まれない胎児への違和感は、微妙に交錯し、重層し、増幅して、女君たちの罪意識を根底から炙り出すものとなっているのである。*8 退散させなければならない「もののけ」とは、女君たちの内に胎まれた罪意識に違いない。

葵上や宇治中君の場合のように、たとえ胎の子が夫との間の子であっても、夫の愛情と夫との将来に不安を抱く女君たちにとって、胎内の子は不安に満ちた未来にみずからを繋ぎ止める絆《ほだ》しでもあって、男君とともに生きることを受け入れ切れていない妻たちの不安に揺れ動く身体に、おののきとともに体感されているのである。光源氏への愛を自覚するに至っていない葵上の悩みやつれる妊娠の身体と「もののけ」感覚、夫匂宮の誠意に確信が持てない中君の「悩ましげ」な身体は、身体の内側から突き上げてくる違和感の感覚として、「もののけ」という「外部の占有」の物語に取り込まれている。

誰を犯人として名指し、その責任を問うというよりも、みずからの内なる違和感、内なる罪意識、内なる外部として、妊娠する身体を描き出そうとしたところに、源氏物語のこだわるもののけ感覚がある。

六条御息所の「もののけ」の介在がほとんど自明のことのように語られてきた葵巻の光源氏と葵上の対面場面でも、事態はそれほど単純ではない。出産を前にして悩み、やつれる葵上を看病する光源氏に、葵上は常になかった態度を見せる。

「あないみじ。心憂きめを見せたまふかな」とて、ものも聞こえたまはず泣きたまへば、例はいとわづらはしう恥づかしげなる御まみを、いとたゆげに見上げてうちまもりきこえたまふに、涙のこぼるるさまを見たまふは、いかがあはれの浅からむ。（葵二九）

と、葵上が介抱する光源氏を見上げた時、そのまなざしに宿った執着と涙は果たして「ものの

葵巻　葵上に取りつく六条御息所。髪が逆立っている所に注目されたい。

け」のものだったと言えるかどうか。少なくとも光源氏は葵上の思いの籠もったまなざしと受けとめている。初めてこのテクストを読んだとしたら、読者もまた葵上と光源氏のほとんど初めての融和の場面として受けとめるに違いない。もう少し先まで読み進めると、光源氏が先程のまなざしは六条御息所が取りついたせいだったかと気付いて愕然とする場面に辿り着く。

　ただかの御息所なりけり。（葵四〇）

その気づきの箇所から遡って読めば、涙をこぼす葵上の真剣なまなざしは、葵上のものでなく、六条御息所のものだったということになる。

　その二通りの読みのどちらが正解かを物語が決めているわけではない。どちらかと言うより、どちらでもありうる揺らぎのうちに葵上のまなざしは強い印象を残しているのである。通行の注釈はこの部分に注して「源氏は、葵上に対して、ほとんどはじめての深い感動を寄せている。それは、彼女にとりついた御息所のせいでもあるが、まもなくその物の怪が正体を表す」（「古典文学全集頭注」と、「もののけ」のせいで、葵上は光源氏に愛情を籠めたまなざしを注いでいると解釈している。

しかし、初めての子の妊娠・出産に弱り切った葵上が常ならぬ愛情表現をしたことがそれほど不自然かどうか。光源氏が当初そう読み取って涙を流したように、日頃プライドに邪魔されて抑圧され続けてきた光源氏への愛着がここで初めて露呈された場面とも読み得る。

光源氏が病床の葵上に挨拶して宮中へ参内しようとした場面でも、葵上のまなざしは光源氏を追い掛けて一際熱いものとして描かれている。

いときよげにうち装束きて出でたまふを、常よりは目とどめて見出だして臥したまへり。

（葵四五）

結果的に二人の最後の別れの場面であるこのシーンでも、葵上のまなざしは光源氏に絡み付き、ついぞ見せなかった執着を顕にしている。この場面もまた六条御息所の霊が取りついていたせいだと考える意見もあるが、葵上の最後の執着をとどめたまなざしと読みたいところである。

すなわちここには葵上自身のようでもあり、六条御息所のようでもある二重の〈身体〉が浮上してきているのであって、これを一義的に「ただそれ（六条御息所）なる御ありさま」と決め付けるのは、光源氏の一方的な解釈にすぎない。むしろここでは光源氏の知らなかった未知の葵上が露呈されているのであり、それに対する光源氏の受け入れ難さ、違和感が「もののけ」かもしれないという疑念を招き寄せ、「もののけ」を幻視・実感させているのである。

光源氏ははるか後年にも、女三宮出家の原因を「もののけ」の仕業と決め付けているが、光源氏の制止と嘆願も振り切って出家の決意を告げる女三宮を、物語は違和感に満ちたものとして遠ざける（7―38ページ参照）。葵上の執着を籠めたまなざしを、「もののけ」のせいだと切り捨ててしまった光源氏はここでも、女三宮の精一杯の自己主張を「もののけ」のせいだと切り捨てているのである。

ここには、相手の不可解な振る舞いに対する二つの解釈が並立しているというより、相手の内面に寄り添いつつどこまでも解釈していこうとする動きと、解釈不能の「もののけ」による行為として突放し、解釈への努力を放棄してしまう動きが対立・相克しているのである。

実際の歴史の上でも、二様の解釈が併記される例がある。円融天皇の女御であり、皇太子花山の同母姉妹だった尊子内親王が突如出家を敢行したときには、「もののけ」のせいであるといった見解と、本人自身の年来の本意であったという見解が、「又云」という言葉を挟んで、同時に記されている。

伝聞、昨夜二品女親王承香殿女御、不使人知、密親切髪云云、或説云、邪気之所致者、又云、年来本意者、宮人秘隠、不云実誠、（伝へ聞ク、昨夜二品女親王承香殿女御、使人ニ知ラセズ、ヒ

ソカニミヅカラ髪ヲ切ルカトシカジカ、アル説ニ云フ、邪気ノ致ス所テヘリ、又云フ、年来ノ本意テヘリ、宮人秘シ隠シテ、実誠ヲ云ハズ）「小右記」天元五年四月九日

皇太子の妹、天皇の妃という最高の貴女が自ら髪を切って、出家するなどというそんな唐突な行為をする以上、「邪気」のせいだとしか考えられないという解釈不能の宣言と、「年来の本意」という文脈で長い時間をかけて、彼女自身の内に熟してきた出家への思いのやむにやまれぬ発露だったとする見解は鋭く対立している。外側からの理解不能の宣言、理解の放棄が「邪気」原因説を呼び寄せているさまをここに見ることができる。[*9]

物語はそうした理解断念への誘惑、傾きを以後繰り返し語りかけようとしているように見える。源氏物語における「もののけ」現象の反復は、相手をみつめるためというよりも、相手から目を逸らすための果てしない言い訳に近づいていく。

5 〈もののけ〉と〈本性〉

玉鬘の登場を契機とした、鬚黒の大将とその北の方式部卿宮の大君をめぐる物語は、「もののけ」は当人の問題ではないと、責任を免責しようとする論理と、それにもかかわらず、「もののけ」に取り付かれている女を疎ましいものと捉える観方のせめぎ合いを示している。

人の御本性も、さるやんごとなき父親王のいみじうかしづきたてまつりたまへる、おぼえ世

に軽からず、御容貌などもいとようおはしけるを、あやしう執念き御もののけにわづらひたまひて、この年ごろ人にも似たまはず、うつし心なきをりをり多くものしたまひて、御仲もあくがれてほど経にけれど、（真木柱　三五七）

鬚黒の本妻で何人もの子をなした北の方は、その生まれの高貴さもあって、誰からも一目置かれ、その「本性」も容貌と同様、「いとよく」思われていたとある。彼女の振る舞いがしばしば常軌を逸したものとなる点については、一時的な「もののけ」のせいという解釈に収斂されて、彼女自身の性格や行動の責任が正面から問われることはなかった。

思ひ乱れたまふに、いとど御心地もあやまりて、うちはへ臥しわづらひたまふ。本性はいと静かに心よく、児めきたまへる人の、時々心誤りして、人にうとまれぬべきことなん、うちまじりたまひける。（三五八）

ここでも、「本性」の「いと静かに心よく、児めき」という性格に反して、時々激しい振る舞いが混じることを、「心地あやまりて」「心誤りして」と、一時の偶発であって、決して彼女の本質にかかわらないことを繰り返し保証しようとするかのような但し書きが付け加えられる。鬚黒北の方が鬚黒の頭から火取りの灰を浴びせかけたのは、この直後である。

灰神楽になった鬚黒は、目鼻に侵入した灰に呆然としつつ、なお北の方を免責しようとする。

うつし心にてかくしたまふぞ、と思はば、またかへり見すべくもあらずあさましけれど、例の御もののけの、人にうとませむとする事、と御前なる人々もいとほしう見たてまつる。

（三六八）

「御前なる人々も」とあるのであるから、鬚黒もまた、この驚くべき振る舞いを本人のせいだとは考えず、「もののけ」のせいだと、考え直して、憤りを鎮めたのである。

鬚黒は女房たちと共に、むしろこうした「もののけ」の被害者としての北の方に同情さえしている。「もののけ」にいいように操られる北の方は、「いとほし」と哀れまれる対象なのである。次の文章にもあるように、鬚黒は哀れむことによって、辛うじて北の方への嫌悪を和らげる。

真木柱巻　鬚黒北の方は鬚黒の玉鬘訪問のために身づくろいを手伝っていたが、突然火取りの灰を鬚黒に浴びせかけた。

心の中にも、このごろばかりだに、事なくうつし心にあらせたまへ、と念じたまふ。まことの心ばへのあはれなるを見ず知らずは、かうまで思ひ過ぐすべくもなきけうとさかな、と思ひゐたま

（三六七）

へり。

北の方の、本来そうであったはずの「本性」、「うつし心」、「まことの心ばへ」の「あはれ」が繰り返し想起されることで、その「本性」に矛盾する、非常識な、奇態な振る舞いは、すべて「もののけ」という外部に由来するものと解釈し直される。矛盾を抱えた存在としての北の方は正当に認知されることなく、あるべき、きれいごとの「本性」だけが問題とされる。

そのように解釈した方が、高貴な生まれの北の方も傷つかず、鬚黒もまた、北の方をそこまで追い詰めてしまった責任を免除される。北の方がそれほど苦しんだということは、とりもなおさず、長年連れ添った妻を捨てて、新しい妻（玉鬘）に夢中になって家庭を顧みない鬚黒のエゴイズムを認めることに他ならない。

「もののけ」とは、そこには居ない第三者を想定し、そこに責任のすべてを押しつけることによって、こちら側のすべてが傷つかないように配慮された責任回避システムである。一見思いやりに満ちたこのようなまなざしによって、北の方の行動には免罪符が与えられ、なぜそのような行動が取られたのかという問いは、「もののけ」の不可解な影響という視点から、棚上げにされ、それ以上深く問い詰められることはない。

周囲から押し付けられた善意によって、北の方の抱える苦悩は解釈不能な「もの」として遠ざけられてしまうのである。

北の方自身もおそらくそのような外からの意味づけを受け入れ、「もののけ」責任説に逃げている。自己の行動の意味を問うことなく、自分のもっとも傷つかない解釈に安住している。どこまでも「いい人」（「まことの心ばへのあはれなる」）であろうとする自己意識（本性）と、そうはいかずに、極端な行動にはみ出す自己（もののけ）とが分裂し、葛藤を続ける鬚黒北の方の問題は、事を荒立てまいとする周囲の思惑との共犯関係の中で、次第に膨れ上がってきたものであった。「もののけ」だからしかたがない、当人には罪がないのだという弁明は、その場を取り繕うには適当でも、結局のところ、そのような「もののけ」現象を引き起こしがちな北の方への無意識の嫌悪を呼び寄せる。北の方はあらわにその行動の責任を問われる代わりに、「こころ違ひとはいひながら」、何となく疎ましい存在として、遠ざけられているのである。

ただ一人鬚黒邸に仕える召人木工の君だけが、

独りゐてこがるる胸の苦しきに思ひあまれる炎とぞ見し（三―三六八）

と、「思ひ」を「火」にかけて、女君の内面の苦悩の発露としてこの異常な振る舞いを読み取る視点を提示しているのだが、事態に直面することを避けたい鬚黒にその言葉は届かない。

このように、鬚黒北の方の「もののけ」は、周囲と本人の共犯関係の中で、目を逸らしたい現実から逃げ続けるための方便として導入された「口実」であり、「言い訳」であったのである。[*11]

問題は鬚黒とその北の方の悲喜劇が、北の方の異母妹紫上とその夫光源氏の関係に酷似していることにある。本筋から離れた茶番劇のように展開される真木柱巻の物語は、より重要な光源氏・紫上関係を先取りし、予告するものとなっている。

6　紫上の病と〈もののけ〉

〈もののけ〉付きの狂乱の果てに離別にいたった鬚黒と北の方の関係とは違って、光源氏と紫上の関係は申し分ないものとして、北の方の母（式部卿宮の大北の方・紫の上の継母）などによって長く羨望・嫉視されていた。しかし、その紫上の幸せは、光源氏への女三宮降嫁によってあっけなく打ち砕かれる。今上天皇の姉、朱雀院の最愛の皇女である女三宮は、その比類ない背景から、六条院のまがう方ない正妻として紫上を圧倒する。

女三宮との婚姻の夜、光源氏の身づくろいをし、その衣に香を焚き染める紫上の姿は、玉鬘を訪れる鬚黒を送り出す北の方の姿の似姿・反復である。本妻として、嫉妬を抑え、夫を華やかな晴れ姿で送り出すことに協力する理想的な妻を演じながら、彼女たちの心は見かけとは裏腹に引き裂かれている。嫉妬を表立ってあらわすこともできない抑圧の中で、発散されない思いが夫の身支度を手伝う一つ一つの動作に渦巻いていたに違いない。

だからといって紫上が鬚黒北の方のような非常識な振舞いをするわけではない。理想的な妻として育て上げられた紫上は、どこまでも、あるべき妻の姿を演じ続け、その衝撃を外に出すまいと努めている。そうであるだけに、屈辱の思いと嫉妬と憤りは、以後紫上の心中に抑圧された思いとして、深く底流し、彼女自身を蝕んでいく。

降嫁当初は女三宮の幼さも手伝って、光源氏の愛はもっぱら紫上に注がれたと語られていたが、女三宮の成長とその社会的な評価の重さによって、次第に紫上への愛と女三宮への配慮は拮抗せざるを得ない。女三宮を六条院の女主人として立てながら、背後にあって実質的な妻としての役割を果たし続け、張り詰めた緊張を生き続けた紫上がその疲労に耐えられず、ついに倒れたのは、女楽の翌日のことだったと語られる。

女三宮に琴を教えるために光源氏が女三宮方に籠もり続けた数ヶ月の後、琴を見事に修得した女三宮への光源氏の満足は深く、負けることなく、見事な和琴や箏の演奏を披露した紫上も、近い将来の敗北を予感せざるを得なくなった時、初めて張り詰めていたものが崩れ落ちる。紫上の発病は明らかに、追い詰められた紫上の心身の疲労が極限に達した時、引き起こされた。

その最初の発病を、物語は病因も掴めない、はっきりしない症状として描き出す。

○そこ所ともなくいみじく苦しくしたまひて、胸は時々おこりわづらひたまふさま、たへがたく苦しげなり。さまざまの御つつしみ限りなけれど、験も見えず。（若菜下二一三）

○御もののけなど言ひて出でくるもなし。悩みたまふさま、そこはかと見えず、ただ日にそへて弱りたまふさまにのみ見ゆれば、（二一六）

すくなくともこの時点では、病の原因が「もののけ」だとは考えられてはいない。その原因不明の病状が人々を不安に突き落とすと言う状況が語られているだけである。中でも光源氏は大きな衝撃と共に紫上の病を受け止め、紫上を失ってしまうのではないかという懸念に、それ以外のすべてをなげうって看病に努めるようになる。

光源氏はただ紫上の容態だけを気にかけ、女三宮への義理と配慮を忘れ、二条院に移って紫上の治療に専念する。かつて女三宮と光源氏が熱中した琴は引っ込められて、二度と出番を迎えることはなかった。

いわば、紫上は病に倒れることで、世間の思惑を憚り、うわべを繕うことに熱中していた光源氏の心底を確認することに成功したのである。光源氏にとって、どちらが本当に大切な存在か、改めて問いかけることによって、紫上は女三宮を圧倒することができた。

以後、紫上は自己の立場が脅かされようとする度に、病を悪化させがちになる。意識的でないことはもちろんだが、病は紫上に残されたもっとも有効で、効果的な武器である。病を悪化させ、危機的な情況に陥ることで、紫上はそのつど光源氏の心を取り戻している。

一旦は小康状態を迎えた紫上が再度の発作を起こして、危篤状況となったのは、それまで紫上の看病のために二条院に引きこもっていた光源氏が、六条院に取り残された女三宮の「悩み」を聞いて、その容態を気遣って六条院に戻った直後であった。

病によって光源氏を引き付けていた紫上は、女三宮の「悩み」によって、かろうじて見出したその優位を脅かされる。実は女三宮の不調とは柏木との密通によるものであり、現実的な危機はそこにはなかったのであるが、二条院に離れ住む紫上には詳しい事情はわからない。

久方ぶりの光源氏の六条院訪問を、瞬時に終わらせ、呼び返すかのような紫上の突然の激越な発作は、追い詰められた紫上の意識せざる願望が呼び起こした〈病〉だったと言えよう。光源氏はただちに二条院に馳せ帰って、紫上にかかりきりとなっている。またしても、〈病〉が光源氏を取り戻す有効な役割を果たしたのである。

客観的に見るならば、紫上の発作と彼女の追い詰められた心情とには相関関係が認められると思われるのだが、「もののけ」による一方的な被害であることを強引に主張するのは、光源氏である。

「さりとももののけのするにこそあらめ。いと、かく、ひたぶるにな騒ぎそ」としづめたまひて、いよいよいみじき願どもを立て添へさせたまふ。（一二二四）

二条院に帰った光源氏は、このような突然の悪化は「もののけ」以外に考えられないと宣言し、以後、「もののけ」の正体を引きずり出すべく大掛かりな加持祈祷を展開していく。何が何でもこの病を「もののけ」のせいだとしてしまいたい光源氏の強い意志を感じさせる場面である。その光源氏の激しい惑乱ぶりに、背中を押されるように僧たちは祈祷に熱中・狂奔し、結果としてようやく「もののけ」が姿を現す。

いみじき（光源氏ノ）御心の中を仏も見たてまつりたまふにや、月ごろさらにあらはれ出で来ぬもののけ、小さき童に移りて呼ばひののしるほどに、やうやう生き出でたまふに、うれしくもゆゆしくも思し騒がる。（一二二四）

憑坐（よりまし）の童に移された「もののけ」は、あの六条御息所の面影を想起させるものだ

若菜下巻　紫上重態の際にあらわれたもののけ。少女（よりまし）にのりうつり、髪を逆立てて御息所らしい女の恨みを光源氏に語る

った。「髪を振りかけて泣くけはひ、ただ、昔見たまひしもののけのさまと見えたり」「さすがにもの恥ぢしたるけはひ変はらず」と光源氏の目には葵上の時と変わることのない御息所の「けはひ」が感じられたとしても、それがどれほど客観性を持つものかどうか。六条御息所のようすなど知るはずもない小娘の口調に乗せられて、次から次へと心にかかる懸念と罪の意識をたどり直す光源氏の姿は一種異様でもある。

　もののけに対ひて物語したまはむもかたはら痛ければ、封じこめて、上をば、また他方に忍びて渡したてまつりたまふ。（二三七）

光源氏みずからも「かたはら痛ければ」とあるように、少女との奇妙な語らいは長く続き、光源氏の抑圧してきたもろもろを暴き出すように、果てることがない。中途で打ち切られ、「封じ込め」られた会話は、言葉にされなかった思いがまだ渦巻いていたことを示唆するかのようである。
光源氏のこのような御息所コンプレックスの独走を、重態の紫上が共有した形跡はないが、義理の息子夕霧の次のようなコメントからも、周囲からは「もののけ」が原因なのだという判断が浴びせかけられていたことがわかる。

「いと重くなりて、月日経たまへるを、この暁より絶え入りたまへりつるを。もののけのしたるになむありける。略」（二三九）

この苦しみから抜け出すには出家しかないと切実に望む紫上の願いとは裏腹に、光源氏の方は六条御息所の「もののけ」幻想にしがみついていく。不当で理不尽な「もののけ」の恨みが自分のもっとも大切なものを襲い、奪ってしまうのではないかといった被害妄想である。

光源氏は紫上が自分との関係に疲れて出家を希望しているとは考えない。紫上がそのような考えを抱くこと自体が彼にとっては「もののけ」の仕業としか考えられない。紫上の苦悩に真剣に向き合うよりも、おぞましい恨みを抱くそこにいない誰か（多分、御息所）が、光源氏の幸せを妬んで、それを打ち壊しにかかっていると光源氏は考えたいのである。

やがて紫上の病が慢性化するに及んで、光源氏の妄想は紫上にも共有されたかに思われるようになっていく。

晴れ晴れしからぬ空のけしきにえさはやぎたまはねど、ありしよりはすこしよろしきさまなり。されど、なほ絶えず悩みわたりたまふ。もののけの罪救うべき技、日ごとに法華経一部づつ供養ぜさせたまふ。日ごとに、何くれと尊きわざせさせたまふ。御枕上近くても、不断の御読経、声尊きかぎりして読むませたまふ。現はれそめては、をりをり悲しげなることどもを言へど、さらにこのもののけ去りはてず。いとど暑きほどは、息も絶えつつ、いよいよのみ弱りたまへば、言はむ方なく思し嘆きたり。（二四二）

紫上の病は治りかけながら、なお治り果てず、どこまでも長引いていく。一方光源氏は「もののけ」退治に次から次へと手を打ち、その結果として、「をりをり悲しげ」なことを言う「もののけ」が出現し続け、それと同調するように紫上の病はこじれ、長引いていく。このような現象が見られるのは、紫上にも「もののけ」原因説が妥協と共に受け入れられたことを示している。

紫上の病がどこまでも本復しないのは、〈病〉だけが、表立って光源氏を引き止めることができない彼女に残された唯一の手段だからである。その手段にすがる紫上にとって、「もののけ」原因説はまことに具合のいい仮説であって、光源氏の妄想を受け入れ、「もののけ」の被害者として同情を浴びていれば、光源氏の関心を常に引きつけておくことができる。

紫上も鬚黒北の方と同じように、意識してではないが、外側からの解釈をそのまま受け入れることで、みずからの苦悩の真因から目を逸らし、誰か知らない他者（もののけ）に責任を押し付けることを選んでいるのである。

こうして、六条御息所の死霊に責任を押し付ける光源氏の個的な幻想は、紫上自身の自覚せざるエゴイズムによっても支持されて、光源氏世界の中に肥大化していく。真相を見つめようというまなざしよりも、見るまいとするまなざしによって、「六条御息所」のもののけは跋扈・跳梁を始めていくのである。

7　女三宮と柏木の〈もののけ〉感覚

若菜巻の世界では、女三宮と紫上は始終病んでいる。紫上の病状が次第に落ち着いて来ると、今度は女三宮が悩みを募らせていく。あたかも悩みの重さ・深刻さによって、光源氏の関心を引き戻そうと競っているかのように、女たちは交互に悩み続ける。

女三宮の悩みとは、言うまでもなく、柏木と犯した罪の意識であり、しかもその結果柏木の子を孕んでしまったという恐れの意識が呼び覚ました「つわり」の苦しみである。望まれない子は、母の胎内であたかも異物のように拒絶反応を呼び起こす。そんなこととは露知らない周囲は、光源氏の晩年に、もっとも尊い内親王の腹から生まれようとしている御子の誕生を心待ちにしている。だからこそ、周囲から期待されればされるほど、女三宮の苦悩は深まっていく。

結果的には無事に男子（薫）が生まれたが、出産直後の疲弊と脱力の中で、光源氏の新生児に対する冷たさを聞くに及んで、女三宮は前途を悲観し、出家を決意する。彼女には、もはや出家することによってしか光源氏の支配から逃れる道はなかったのである。

女三宮の父朱雀院がわざわざ出家者としての禁忌を犯して見舞いに駆けつけたのも、娘になんらかの落ち度があったことを直感し、娘を光源氏の手から救い出すためだったのだろう。やつれきった娘の必死の願いに耳を傾け、光源氏の反対を押し切って、女三宮の出家を敢行しようとしたのはこの朱雀院である。

当初、父朱雀院が必ずしも女三宮の出家に賛成ではなかったことは、思いとどまるように言って聞かせるその発言に明らかである（三〇五）。にもかかわらず、朱雀院が女三宮の出家に固執したのは、光源氏が女三宮の発言を、「邪気」（もののけ）の言わせたことと、次のように切って捨て、取り上げようとする姿勢を見せなかったからに違いない。

「日ごろもかくなむのたまへど、邪気などの人の心たぶろかして、かかる方にすすむるやうもはべなるをとて、聞きも入れはべらぬなり」　（三〇六）

女三宮が出産直後に出家して光源氏の庇護を離れようというのは、光源氏の愛が薄かったこの娘の精一杯の抵抗に他ならないが、そのような抵抗・反撥を、「邪気」のせいとかたずけてしまう光源氏の態度に、朱雀院は埋めがたい断絶を見てとって、もはやこれまで、と娘の出家実現に強く傾いていくのである。[*11]

「もののけの教へにても、それに負けぬとて、あしかるべきことならばこそ憚からめ、弱りにたる人の、限りとてものしたまはむことを聞き過ぐさむは、後の悔心苦しうや」　（三〇六）

「たとえ、もののけのせいだとしても構わない。良くないことならばともかく、ここまで弱りきったこの子がこれほど望んでいるのだから、今その願いを叶えてやらなくては、後で後悔するだろう」――という朱雀院の居直りにも似た強引さは、光源氏の気弱な反対の前で一際印象的である。「もののけ」という見えざる「もの」を見るよりも、今目の前で苦しんでいる娘をこそ、見てやりたいという朱雀院の強い父性愛の言葉は、外側を取り繕う光源氏の腰の引けた説得の言葉を圧倒し、捻じ伏せる。「もののけの教へ」のどこが悪いのか。それこそ、この娘が今、必死で願っていることではないか……と。

光源氏の反対にも関わらず、朱雀院親子の団結によって敢えて行われた落飾は、光源氏に圧倒され続けてきたこの気の弱い親子が始めて見せたぎりぎりのところでの精一杯の抵抗であった。これは、もっとも愛する娘の、俗世での可能性と未来を閉ざしてしまうことをもって、達成としなければならなかった親子の苦い勝利であったに違いない。

光源氏が再び「もののけ」の声を聞いたのは、その落飾の夜の終わりのことだったと物語は語りかける。

後夜の御加持に、御もののけ出で来て、「かうぞあるよ。いとかしこう取り返しつと、一人をば思したりしが、いとねたかりしかば、このわたりにさりげなくてなむ日ごろさぶらひつる。今は帰りなむ」とてうち笑ふ。いとあさましう、さは、このもののけのここにも離れざりつるにやあらむ、と思すに、いとほしう悔しう思さる。（柏木三一〇）

「紫上は取り返されてしまったが、隙を窺って六条院に潜み続け、ついに女三宮をこうしてやった」――と、あざ笑うかのような「もののけ」の声を聞きつけたのは、またしても光源氏一人だったようである。「さは、このもののけのここにも離れざりつるにやあらむ」――と、光源氏は前夜の不本意な成り行きを「もののけ」のせいだと決めつけ、納得する。

4章でも見たように、出家の決意を初めて光源氏に告げたときの女三宮の様子は、常にも似ず毅然としたものだった。

御頭もたげたまひて、「なほ、え生きたるまじき心地なむしはべるを、かかる人は罪も重かなり。尼になりて、もしそれにや生きとまると試み、また亡くなるとも、罪を失ふことにもやとなむ思ひはべる」と、常の御けはひよりはいとおとなびて聞こえたまふを、（柏木三〇一）

あの時のあの「頭をもたげ」た強い意志、光源氏にしたたかに立ち向かい、理路整然と出家の必然性を説く女三宮の、「常のけはひよりはいとおとなびて」見える口調は、「もののけ」が言わせたことなのだ。本人のはずはなかった、と光源氏は改めて女三宮を相対化する。[*12] 女三宮の例外的な「毅然」を「もののけ」の力と思いなすことで、光源氏は朱雀院父子の抵抗に押し切られた前夜の屈辱と動揺を最小限に食い止める。

「もののけ」こそがすべての原因であり、女三宮はその哀れな犠牲者なのだというのが、紫上の場合と同じく、光源氏のたどりつきたい結論であった。これまで一貫して負け犬であり続けて来た朱雀院とその娘が「もののけ」関与の可能性など歯牙にもかけず、自分たちの自己責任において出家という解決を選び取ろうとしたのに対し、光源氏は、あってほしくない現実に目をつむり、ひたすら「もののけ」に対する被害妄想の世界に生きようとしているのである。

女三宮の存在など、生前知るはずもなかった六条御息所が、どうしてここに登場しなければならないのか、納得のできる説明はなされない。反復される強迫的なまでの六条御息所コンプレックスは、光源氏が彼に恨みを抱くすべての女性たちの怨念を六条御息所に集約して感受しているのではないかという疑いを喚起する。現に目の前にしている女君たちの思いよりも、光源氏の関心は、自分を脅かす「もの」の気配の不気味さに注がれる。

「もののけ」に哄笑され、うろたえ、たじろぐ光源氏は、もはや、かつてのような力に溢れる光源氏ではない。物語の主人公としてすべての世界を統括し、掌握していたかに見える光源氏は、侮り続けてきた朱雀院父子の意外な強さに圧倒され、「もののけ」の被害者という境遇に身を置いて、その幻想の中に立て籠もっているのである。

事情は、光源氏と同じく「もののけ」を受け入れ、「もののけ」と共存する道を選んだ紫上にも共通していよう。女三宮降嫁以来、出家への願いを、ことあるごとに光源氏に申し出て、そのたびに拒否されてきた紫上は、〈病〉という逃避を選ぶことで現実と妥協してゆく。意志薄弱な女三宮が敢行できた出家を、紫上が成し遂げることができなかったのは、「他者の期待」を生き続けた紫上の弱さであったに違いない。

実はこの女三宮出家場面に先立って、もう一方の当事者である柏木の「もののけ」否定が描かれていたことも、注目に値する。病の床にあった柏木は、周囲の「もののけ」が原因ではないかという思いやりの発言を頭から拒否している。

原因不明の柏木の病の悪化に、「女の霊が取り付いているせいだ」という声が巻き起こった。柏木の父頭中将はそれらの声に踊らされて、手を尽くして験者を探させ、葛城山の験者を説得して、盛大な加持祈祷をおこなった。その父の必死の祈りの言葉――、

「まことにこのもののけあらはるべう念じたまへ」など、こまやかに語らひたまふもいとあはれなり。（柏木二九四）

に耳を傾けながら、柏木は隣の部屋で密かに苦笑し、ため息をつく。

「かれ聞きたまへ。何の罪とも思しよらぬに。うらなひよりけむ女の霊こそ、まことにさる御執の身にそひたるならば、厭はしき身をひきかへ、やむごとなくこそなりぬべけれ。さてもおほけなき心ありて、さるまじき過ちを引き出でて、人の御名をも立て、身をもかへり見ぬたぐひ、昔の世にもなくやはありけると思ひなほすに、なほけはひわづらはしう、かの御心にかかる咎を知られ奉りて、世にあらむこともいとまばゆくおぼゆるは、げにことなる御光なるべし。深き過ちもなきに、見あはせたてまつりし夕のほどより、やがてかき乱り、まどひそめにし魂の、身にも還らずなりにしを、かの院の内にあくがれ歩かば、結びとどめたまへよ」（柏木二九四）

「本当に女三宮の霊が取り付いてくれたのなら、こんな光栄なことはない」―と柏木は女三宮の乳母子小侍従に語りかける。隣の部屋では今も、「もののけ」出現を祈る祈祷の声が響き続けているが、当の柏木にとって、これほど見当違いなことはない。

女の霊がとりつくどころでなく、女の霊が取り付いてもくれないところに、柏木の悲劇があるからである。将来ある自分の地位をなげうち、命までも落とそうとする程、罪の意識に悩みながら、なお、その「共犯者」である女三宮に相手にもしてもらえない柏木は、ひたすら、一人孤独な「死」を死ぬしかない。

愚かしかった過ちを反省し、他の誰でもない自分一人が負うべき罪を負って、柏木は死んでいこうとしているのである。そうした柏木にとって、周囲の思いやりに満ちた喧騒は、滑稽な空騒ぎにしか見えない。

こうした柏木の「もののけ」拒否の姿勢と、女三宮の「もののけ」無視宣言は、離れて響きあっている。それぞれ別のところで展開される柏木と女三宮の敗北と退場の物語は、相互に影響関係があるわけではないのだが、奇妙に一致して「もののけ」責任論・「もののけ」介在説がありえないものであることを言挙げするものとなっている。

出家と死という極限まで突き落とされた人間に、もはやこわいものはない。彼らは追い詰められたどん底で、みじめで愚かしい自己を、丸ごと受け止めることで残された尊厳を守ろうとしているのである。

「もののけ」への怯えは、「持てる者」の側の驕り・昂ぶりが招き寄せる習い性であり、己に逆らうものすべてを抑圧し続けてきた権力者が必然的に抱え持った裂け目であることを、これらの例は裏側から炙り出しているように思われる。「もののけ」は「持てる者」の病であり、「権力」

の病なのであった。

源氏物語におけるもっとも理想的な女性である紫上が、無自覚的に〈病〉に逃避し、「もののけ」の名のもとにその病を長引かせ、病に依存して、遂には生きる気力も体力も失っていったように、もっとも強いはずの光源氏もまた、「もののけ」原因説に固執する頑なな強迫を生きてきたのである。

これまで主人公・女主人公として、もっとも理想的な人物と物語が特権化して描いて来た人々は、実は、意外にも「もののけ」責任論に逃げ込む弱い存在であったことが明らかになる反面、気弱な存在と見縊られていた存在（女三宮・朱雀院・柏木）が、どん底でしたたかな強さを見せることに気づく物語へと、物語は明らかに比重を移し始めている。

8　宇治十帖の〈もののけ〉

光源氏物語の最後はそうした価値の逆転の物語として描かれる。解釈不能の「もののけ」を肥大させ続ける光源氏世界の向こう側に、「もののけ」など問題にしない人々が、確かに存在しはじめている。

このような正編の「もののけ」観は、宇治十帖でより明確な対比と共に描かれる。宇治十帖で「もののけ」に脅かされるのは、明石中宮や、女一宮など、権力の頂点に君臨、安住する人々である。人々の賞賛を浴び、人々に絶えず気を使われる存在であるこのような貴女たちは、理由の明らかでない「もののけ」に絶えず悩まされ続けると語られる。

①その日は、后の宮なやましげにおはしますとて、誰も誰も参りたまへれど、（宿木四一三）

②「后の宮、例の、悩ましくしたまへば、参るべし」（東屋四四）

③「昨夜、后の宮の悩みたまふよしうけたまはりて参りたりしかば、（略）」（東屋五一）

④内裏より人参りて、大宮この夕暮より御胸悩ませたまふを、ただ今いみじく重くなやませたまふよし申さす。――げににはかに時々なやみたまふをりもあるをと思すに、人の思すらんこともはしたなくなりて、いみじう恨み契りおきて出でたまひぬ。（東屋六四）

⑤宮、例ならず悩ましげにおはすとて、宮たちもみな参りたまへり。（略）「まかではべりぬべし。御邪気の久しくおこらせたまはざりつるを、恐ろしきわざなりや。山の座主ただ今請じに遣はさん」（浮舟一七一・一七二）

光源氏のただ一人の娘として溺愛されて育ち、養母紫上の惜しみない愛を注がれた明石中宮は、その比類ない権勢を背景に天皇の寵愛を独占し、多くの皇子・皇女の母として、尊敬を一身に集めていた。右大臣夕霧以下の廷臣たちを思いのままに操る権勢家明石中宮に何の悩みもないはずが、唐突に襲ってくる理由のわからない発作だけが、彼女の存在を根底から揺り動かす。

匂宮を始めとする皇子たちを呼び寄せ、取り巻きの人々を走らせる彼女の病は物語が終盤に近づくにつれて、次第に頻繁になっていく。

「御邪気」と周囲から名づけられた得体の知れない〈病〉を病むことで、明石中宮は、彼女の権勢に圧倒され、不本意な思いを噛み締めるすべての抑圧された人々の、言葉に出されない怨念に向き合い、怯え、うろたえているかのようである。

その「病」が匂宮と六君の結婚三日目から始まっている事から考えれば、明石中宮の病は溺愛する息子への分離不安がもたらしたものであったかもしれない。三村友希によれば、明石中宮の病は匂宮の恋の冒険を引きとどめる力学として、宇治の物語に底流するという。[*13] 中君物語・浮舟の背後にあって、常に断片的に語られる語られる明石中宮の病は、通奏低音のように物語世界に響き続け、都の世界の栄華や権勢一辺倒の論理に疑問符を付け加える働きをしている。

明石中宮の最愛の娘、都の誰もが憧れる理想的な貴女であった女一宮もまた、「もののけ」に脅かされ続けている。

「一品の宮の御もののけになやませたまひける、山の座主御修法仕まつらせたまへど、なほ僧都参りたまはでは験なしとて、昨日二たびなん召しはべりし。（略）」（手習三三三）

一品の宮の御悩み、げにかの弟子の言ひしもしるく、いちじるきことどもありて、おこたらせたまひにければ、（略）御もののけの執念きこと、さまざまに名のるが恐ろしきことなどのたまふついでに、（手習三四四〜三四五）

女一宮（一品宮）の「もののけ」は執念深く彼女に纏わり付き、比叡山の座主では調伏が難しく、横川の僧都でなくては調伏が成功しなかったとある。病が癒えた後も女一宮は、再発を恐れ、「もののけ」に怯えている。

このように、正体不明の「もののけ」に都の最高の貴女たちが絶えず脅威を感じ続けていたころ、荒涼たる宇治・小野の山里では、不遇の日々を送る女君たちが、「もののけ」などという幻想を寄せ付けず、結婚拒否も入水も、出家も、自分一人の選択として引き受けようとしていた。

周囲からはもののけ付きを疑われ、もののけのせいで極端な振舞いをしたのではないかと疑われている大君の結婚拒否も、その果ての死も、浮舟の入水未遂も、その果ての出家も、物語は当人たち自身の、それ以外ではありえない苦悩と葛藤の結果の選択として描き出す。たとえ周囲がどう言おうと、彼女たちは、自らの責任において、自己のありようを規定しようとしていたのである。

浮舟の物語と、都の最高の貴女たちの「もののけ」依存体質は、故意に重ね合わせて語られている。浮舟の匂宮との密通が明らかにされる、匂宮が宇治からの手紙を読むのを、薫に見られてしまう場面は、明石中宮の邪気見舞いにすべての廷臣が集まった長い時間の中に描かれる。[*14] 一品宮のもののけ付きの激しい発作は、浮舟の出家と同日であることが、この二人の女性に共に関わる横川の僧都の移動によって表される。「理想的」な貴女たちの正体不明の〈病〉と、すべてをみずからの問題として引き受ける大君や浮舟の過剰にして過酷な自己責任の物語が、絡み合い、競合し、対比されるところに、源氏物語の到りついた地平が示されている。

たとえ大君の死と浮舟の入水未遂が自分の執着のせいだと言い立てる僧の「もののけ」が登場

しようと、読者はもはや、その「もののけ」の言葉を額面通りに受け取ることはできない。

「おのれは、ここまで参で来て、かく調ぜられたてまつる身にもあらず。昔は、行ひせし法師の、いささかなる世に恨みをとどめて漂ひ歩きしほどに、よき女のあまた住みたまひし所に住みつきて、かたへは失ひてしに、この人は、心と世を恨みたまひて、我いかで死なんといふことを、夜昼のたまひしに頼りを得て、いと暗き夜、独りものしたまひしをとりてしなり。されど観音とざまかうざまにはぐくみたまひければ、この僧都に負けたてまつりぬ。今はまかりなん」とののしる。（手習二九五）

繰り返し指摘してきたように、「もののけ」が語るのは「真相」ではなく、真相から目を逸らすその逸らし方である。加持祈祷をする横川の僧都その人の抑圧された願望を暴き立てるような、横川の僧都の鏡像としての「祈祷僧」の「もののけ」がここには現れてきて、女への捨てきれない執着を語っている。しかもその「もののけ」の語りは、直前に示された妹尼の語る「初瀬観音の賜へる人なり」（二九三）との確信も含みいれて、「観音とざまかうざまにはぐくみたまひければ」死なせるわけにはいかなかったのだと、観音の霊験譚的要素も兼ね備えている。

「もののけ」を見てしまう人々、「もののけ」を聞く人々、「もののけ」を体感する人々の底なる欲望を炙り出すように、「もののけ」はそれぞれの場で、世俗的秩序の維持と構築に向けて、常識的な結末への誘惑を囁きかける。「もののけ」にすべての罪・穢れを負わせて、これを排除・追放しようとしさえすればよいという常識である。

しかし、その「もののけ」の語りは、夢うつつの中に聞いていたとおぼしい浮舟自身によって、直後に却下されている。あれはそんなことではなかった。死にたいと思っていた私が呼び寄せてしまった匂宮のような幻、それに抱かれるようにさまよい出てしまったのだと、浮舟は自身の行動をたどり返す。それまで、浮舟は入水未遂前後の記憶を欠落させていたらしいから、これは、彼女が初めて、みずからの行動の意味を、外側からの安易な決め付けにあらがって、みつめようとした瞬間であろう。「もののけ」の語りは、否定的触媒となって、浮舟に自覚を促しているのである。

「もののけ」の言葉は、抑圧された深層を暴き、真相を語るといった論調で論じられることが多い[*15]が、物語中の「もののけ」は、むしろその逆に、秩序維持のための当たり障りのない言葉、「他者により期待された言葉」を撒き散らすことが多く、「真相」とは程遠い言葉となっている。その場の人々の無意識の敏感な反映ではあっても、そのような「常識」にもはや安住できない人々の、ぎりぎりのところで発せられる言葉と「もののけ」の言葉はどこまでもすれちがっていく。そのすれちがい方の中に、物語は、当人たちでさえ意識しなかった思いのありかを浮上させる。

源氏物語において、「もののけ」は当初、自己というものが常に統御可能で、掌握できるという思いこみからの逸脱・違和感として語られ始めるが、後半に入るに従って、「もののけ」にすべての責任を押しつけようとする傾向への疑問と批判に辿り着く。「もののけ」という外部の占有の物語に魅了され、誘惑されながら、やがて身を翻すようにそこから距離を取っていく過程こそ、「関係の病」としての「もののけ」の軌跡だと言えよう。

＊源氏物語の本文は小学館新古典文学全集本を用い、表記に手を加えた。紫式部集の本文は岩波文庫を用いた。また、文中の絵は目無経（11頁）を除き、承応三年版『絵入り源氏物語』によった。注10の絵は三田村の戯画。

注

＊1　周知のように、「身体の知」を怖れ、知ることよりも、むしろ知らないことを選んでしまう妥協形成のありようを、フロイトはその「ヒステリー論」の中で大胆に展開している（ジグムント・フロイト『精神分析学入門』中公クラッシックス）。紫式部が源氏物語の中で追究する心身症（もののけ）への洞察は、ある意味でフロイトのこの理論を先取りしている。石原千秋『反転する漱石』（青土社）参照。

＊2　今村仁司『排除の構造』（青土社　一九八五）は、共同体の生成に必須のものとして要請される排除される第三項についての示唆的な論。「もののけ」とは排除される第三項、スケープゴートに他ならない。

＊3　「もののけ」の「け」は従来「怪」と表記されることが多かったが、用例から検討して「気」と表記することがふさわしいことが森正人「モノノケ・モノノサトシ・物恠・怪異―憑霊と怪異現象とにかかわる語誌―」（『国語国文学研究』一九九一・九）などによって、指摘された。「もののけ」を「気配」と考える本論の趣旨にも合うが、なお、「恠」と表記するものが同時代に少なくな

いことを考慮して、「もののけ」と表記した。

＊4　藤井貞和（「異界と生活世界」『源氏物語論』岩波書店所収）はもののけの加持祈祷が病人本人に大きなダメージを与える例が栄華物語などに少なくないことを指摘し、念仏の治癒能力の方が病人自身にとっては有効であることを示唆する。加持祈祷による「もののけ」排除が、本人の内なる「もの」の分裂・疎外を促すものであるとすれば、念仏による治癒は、より包括的に全人的な救済を目ざしたものであったせいであろう。

＊5　中井久夫『治療文化論』（岩波現代文庫）は「精神病」という「病」の一部が文化の形態を反映した文化依存の病となっていることについて考察する。

＊6　間主体性・間主観性はもともとフッサールの言葉（『間主観性の現象学』）だが、ここではより身体的な共鳴・共振の構造として、世界との関係を問うメルロ＝ポンティの用語に近いものとして用いている。

＊7　「もののけ」の多義性・多層性の指摘は、萩原広道『源氏物語評釈』に始まって、山口剛「夕顔の巻に現はれたるもののけに就いて」（『江戸文学研究』）、西郷信綱「夢と物の怪」『源氏物語を読むために』（平凡社　一九八三）、藤本勝義『源氏物語の物の怪』（笠間書院）、三谷邦明「誤読と隠蔽の構図―夕顔巻における光源氏あるいは文脈という射程距離と重層的意味決定―」（『源氏物語の言説』翰林書房　二〇〇二）など枚挙の暇ないほど論がある。葵上と光源氏と六条御息所の三者の内的葛藤のありさまを一挙に掴み取った西郷信綱の所論が一つの頂点を示していよう。物語叙述の展開に応じて「もののけ」の意味も、歌の解釈も変転すると捉えた三谷邦明の論は近年の「もののけ」論の中でも注目すべき見解を示している。この論では、「もののけ」を病む身体とそれを見つめる眼差しに焦点を置いたため、六条御息所の側からの問題を十分に論じられなかった。こ

れについては続稿で考えていきたい。

＊8　葛綿正一（「平安朝文学史の諸問題」『沖縄国際大学文学部紀要国文学篇』一九九五・一）には、出産と「もののけ」の関りについて、貴重な示唆を得た。出産と心身の悩みの問題のついては石阪晶子「〈なやみ〉と〈身体〉の病理学」（『源氏研究』五号、二〇〇〇・四）、三田村雅子『源氏物語　物語空間を読む』（ちくま新書一九九八）が詳しい。

＊9　藤本勝義『源氏物語の物の怪』参照。藤本の論は源氏物語の当時の「もののけ」資料を博捜した労作で、当時の「もののけ」がすべて「死霊」を指し、六条御息所の場合のような「生霊」を指すことはないことを示し、「生霊」登場を以って源氏物語の独創であるとした。確かに源氏物語中でも、六条御息所の「生霊」は考えがたいこととして、六条御息所の父故大臣の「御霊」の可能性が言及されるなど、簡単には結び付けていないことが知られる。当時別の概念として考えられていた、怨念による「死霊」と愛執による「遊離魂」の現象をひとつの連続体として捉えたところに、源氏物語の新しい展開があったと言えよう。藤本論文の問題は、諸説の並列・並記となりがちなところにあり、この場合では尊子内親王出家の例を引きながら、「内的必然性と憑霊現象が等しく併存しているところに、矛盾はない」という結論を導き出している。

＊10　ここまで来れば、鬚黒夫妻の「もののけ」騒動が紫式部集の有名な「もののけ」の歌と深く関わっていることにいまさらながら、思い当たる。

絵に、もののけつきたる女のみにくきかたかきたる後に、鬼になりたるもとの妻を、小法師のしばりたるかたかきて、男は経読みて、もののけ責めたるところを見て

（44）亡き人に託言はかけてわづらふもをのが心の鬼にやはあらぬ

返し

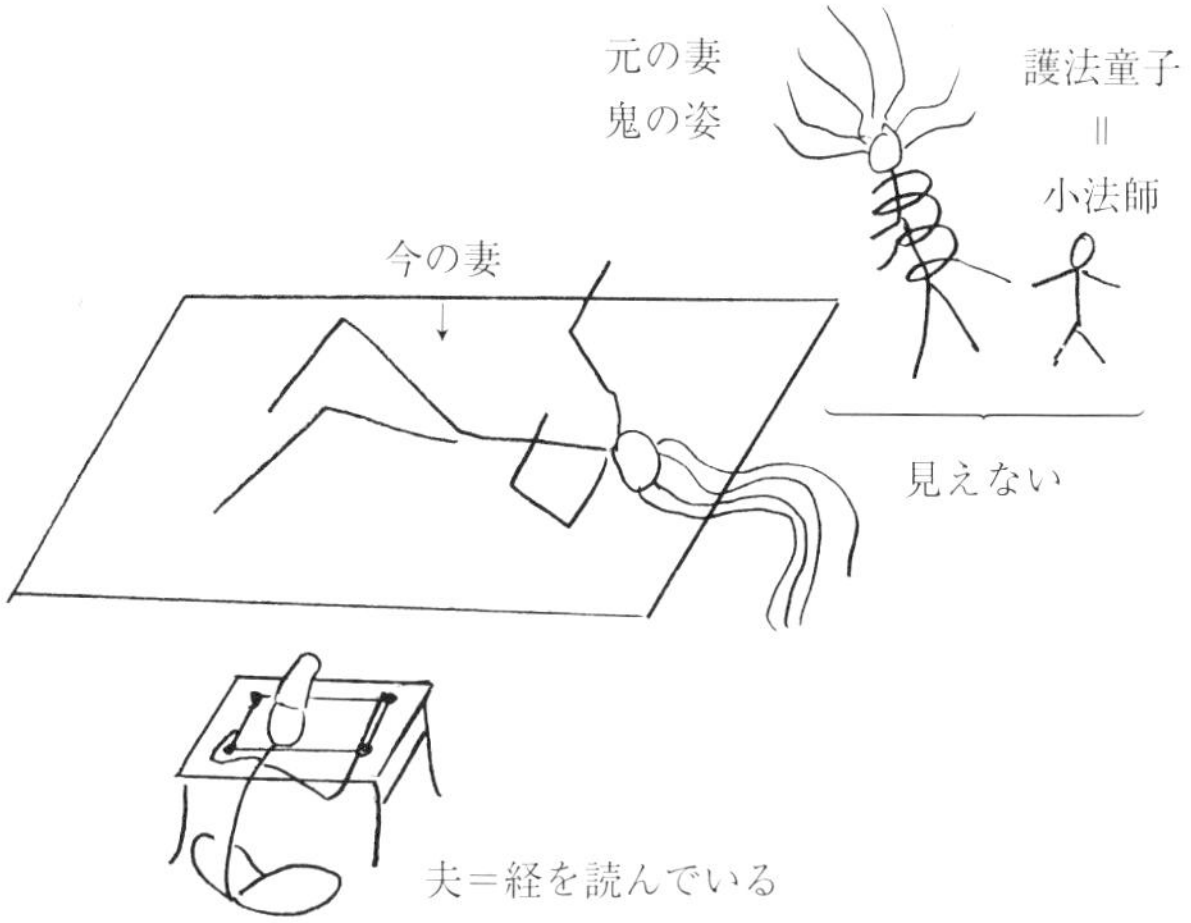

（45）ことわりや君が心の闇なれば鬼の影とはしるく見ゆらむ

現在の妻の病の原因を「もとの妻」に押し付けてみずにはいられない男と女の心の内の呵責（心の鬼）こそ「もののけ」の真因だとする紫式部の絵の解読は、疑いなく「もののけ」現象の闇に分け入っている。その場にいない「もの」に責任（託言《かごと》）を押し付けて、自分たちの罪の意識には蓋をしてしまい、目をそらしてしまうような偽善こそ、紫式部が許せないものとして、暴かずにはいられないことなのだ。（上掲の図はその「絵」の想像図）

紫式部のそうした激越な歌（44）に対して、冷やかすような口調で応える歌（45）もまたそのような苛立ちを抱える紫式部という人の深層意識（心の闇）を引きずり出す歌となっている。病を「もとの妻」のせいとする男と女の無意識の欲望を嗅ぎつけてしまわずにいられないあなたもまた、同じような「心の闇」を抱えているにちがいないと指摘する45番歌は紫式部自身の歌以上に式部の本質を捉えている。そのような歌であるから、紫式部は自分の歌集にこの歌も収録したのであろう。

＊11　紫式部集「もののけ」歌の解釈は三谷邦明前掲論文に詳しい。
柏木・女三宮事件と「もののけ」の関りについては阿部好臣に「物の怪誕生―柏木の位相へ―」（『語文』一九九四・三）、同「物の怪誕生―柏木物語の本質―」（『新物語研究』3、一九九五）の論があり、一部関心が重なるが、三田村も同じ時期『源氏物語』の「もののけ」（『解釈と鑑賞』一九九四・三）に見解の一部を述べている。合わせてお読みいただきたい。

＊12　江戸時代の注釈書である『湖月抄』は、このくだりに次のような注釈を施している。「女三はつねは、かやうには、きと物のたまふ事はなきなるべし。定実は霊のいはせまゐらするなるべし」と。光源氏がおそらくそう解釈したように、注釈者たちも、女三宮の「毅然」を「もののけ」のせいとして片付けることを好んでいるように見える。「頭をもたげ」、日頃ならば決して言わなかった言葉を敢えて発する女三宮。その日常を超えた一瞬の飛躍を、隠されていた女三宮の裂け目からの綻びと受け止めるのではなく、「もののけ」という外部からの干渉としてうけとめようとするところに、光源氏の姿勢があり、また、後世の読者たちの姿勢があったと言えよう。

「子宮の喚びおこす女体の戦慄は、霊の病とつねに紙一重であったのだろうか」（西郷前掲論文）とか、「光源氏の物語の終盤は、女人の怨霊の跳梁という、最もおぞましいかたちでの表象によって、源氏や享受者に衝撃を与え、男女紐帯への絶望を淀ませたままで収束されていく」（藤本前掲論文）などのおどろおどろしい決まり文句はこれまで「もののけ」研究に繰り返されてきたものであった。

一種「魔女狩り」のように、「女」の後ろにあらぬ「もののけ」の妄想を見ているのは、ここでは研究者・注釈者自身ではないだろうか。葵上の常ならぬ振る舞いにうろたえ、怯えて、そこの六条御息所の姿を思わず読み込んでしまった光源氏と同じく、出家を決意した女三宮の意外な強さに六条御息所の影を想起してしまう注釈者がいて、光源氏と注釈者の女性嫌悪・女性恐怖（ミソジニー）の共振の中に、これまで源氏物語世界に跳梁・跋扈する「もののけ」というイメージが語られて来たのではなかったか。本稿はそれら女性嫌悪の「もののけ」研究史を対象化しようとする試みである。

ショシャナ・フェルマン「女性と狂気」『女が読むとき　女が書くとき』参照。

＊13　三村友希「明石の中宮の言葉と身体―〈いさめ〉から〈病〉へ―」（『中古文学』二〇〇二・五。）

＊14　三田村雅子「『源氏物語』の「もののけ」」（『解釈と鑑賞』一九九四・三）。三村友希前掲論文にも同様の指摘がある。

＊15　ドリス・バーゲン"A Woman's Weapon : Spirit Possession in The Tale of Genji"は海外で刊行された初めての本格的もののけ研究だが、「もののけ」は女性の深層心理の告白であり武器でもあるという「定式」的な見解を出るものではない。繰り返しになるが、「もののけ」は内側に仮構された他者意識であり、当人の深層意識を語るというよりも、その場の人々の内面を映し出す媒体・装置なのである。

『源氏物語』の文化現象
――映画『紫式部　源氏物語』の場合――

立石和弘

1　異業種の映画事業参入と動員映画…八十年代後半

朝日新聞社は系列のテレビ朝日、日本ヘラルド映画グループと提携してアニメーション映画『紫式部　源氏物語』を製作した。一九八七《昭和六二》年十二月十九日より、新春第一弾の正月映画として、全国七十六館の東宝洋画系劇場でロードショー公開されている。観客動員数は三十万人を越え、配収は三億八〇〇〇万円をあげた。[*1]それ以前に朝日新聞社は、同じ三社による提携で宮澤賢治原作の『銀河鉄道の夜』を八五年に映画化、成功させている。この長編アニメ映画は六億円の配収をあげ、第十四回毎日映画コンクールで、秀作アニメに贈られる「大藤信郎賞」を受賞、『キネマ旬報』の読者選出ベストテンでは七位になるなど、作品への高い評価も獲得した。また八九年には、東急エージェンシー・日本ヘラルド映画グループと共に『風の又三郎・ガラスのマント』を実写で製作、公開している。こちらは不入りで、予想を下回る結果に終わっている。『紫式部　源氏物語』は『銀河鉄道の夜』にひき続き製作された、朝日新聞社の第二弾映画である。朝日新聞東京本社創刊一〇〇周年、テレビ朝日開局三〇周年、日本ヘラルド映画創立三〇周年記念の共同企画として、公開に際しては、活字媒体や放送メディアを通して強力なキャンペーン活動が展開された。朝日新聞社による映画製作自体が、すでに大きな話題を提供するものであった。こうした、本来異業種である新聞社が、映画製作に参入し成功を収める背景には、八十年代後半の社会状況と、日本の映画産業に固有な構造とが認められる。商業アニメーション映画『紫式部　源氏物語』の製作と、流通・消費の過程をたどる先には、やがて八十年代後半の経済機構が姿を現すことになる。本稿では、製作・言説・映像表現という三つの視点から、アニメーション映画『紫式部　源氏物語』を対象化することで、『源氏物語』をめぐる文化現象への接近を試みたいと思う。

異業種の映画製作への積極的な参画に弾みをつけたのは、一九八三《昭和五八》年に公開された『南極物語』であった。フジテレビ・学研・藤原プロという独立プロダクション同士の提携により、巨額の製作費が投入され、派手なテレビ宣伝によって八〇〇万人を動員、五六億円の配収によって邦画の歴代記録をぬりかえた。この成功を受けて、テレビ企業や出版企業など他業種の参入が活性化していく。なかでもフジテレビの活躍はめざましく、『南極物語』（八三年、五六億）、『子猫物語』（八六年、五四億）、『ビルマの竪琴』（八五年、二九億五〇〇〇万）といった当時の歴代配収上位の三作品は、すべてフジテレビ製作の映画によって占められる状況を生んだ。テレビ局以外でも、一九八四《昭和五九》年には、西武流通グループのシネ・セゾンがテレビ朝日・松竹と提携して『上海バンスキング』を公開し、徳間書店と博報堂が提携して『風の谷のナウシカ』を製作。ほかにも、全真言宗青年連盟映画製作本部と東映の提携で『空海』が公開され、全真言宗側の前売り動員により、一六億五〇〇〇万円の配収をあげている。以降、こうした流れはとどまることをしらず、たとえば八五年の『ビルマの竪琴』（フジテレビ・博報堂・キネマ東京提携）、『ペンギンズ・メモリー』（サントリー・博報堂・CMランド提携）、八六年の『植村直己物語』（電通・毎日放送提携）、『人間の約束』（西友・テレビ朝日・キネマ東京提携）、八七年の『ハチ公物語』（松竹・東急グループ・三井物産提携）、『次郎物語』（西武セゾングループ・学研・キネマ東京提携）、八八年には『敦煌』が、大映・電通・丸紅・イマジカ・松下電器などによる製作委員会で総製作費四十億円を分担、配収四六億を記録した動員映画を成功させた。ほかにも『マリリンに逢いたい』（八八年）で三菱商事が、『利休』（八九年）では伊藤忠商事が新たに参入している。これら一例からもわかるように、テレビ局、出版社、広告代理店、大手商社などの外部企業が、次々と映画製作に参画したのが八十年代の特徴であった。八八年頃からは外国映画への投資も行われ、八九年には、ソニーがアメリカのコロムビア映画を買収、九〇年には松下電器産業がMCAを買収して驚かされたが、それも束の間、『キネマ旬報』の「映画界十大ニュース」[*2]に目を移すと、九四年の二位に「松下電器、ソニーなどハリウッド・ビジネスに乗り出した日本企業が経営ノウハウ不足のために経営難が起こる」とあり、九五年の六位には「松下電器は、一九九〇年に買収したMCA社に対する持分の80％の株式を、大手飲料メーカーのシーグラム社に譲渡する」と続く。九一《平成三》年にはあらゆるメディアで「バブル崩壊」が語られた。他業種企業の映画投資への加熱は、八十年代後半の泡に譬えられる日本の経済状況を端的に反映する現象なのであった。

八五年に『銀河鉄道の夜』を製作する朝日新聞社の映画産業への進出も、こうした動向の一翼を担っている。映画のパンフレットやチラシには、企業態度を宣伝する以下の解説が掲載されている。「この作品の製作発表以来の大きな話題は、近年映画製作にさまざまの一般企業、マスメディアの進出が目だつなかで、全国で七〇〇万部の発行部数を誇る朝日新聞社が、グループのネットワークテレビ局テレビ朝日と共にはじめて「銀河鉄道の夜」の製作に参画することであり、児童、幼児のみを対象とした従来の劇場用アニメーションとは全く異質の、あらゆる年齢層の人々に訴えかけ得るクオリティの高いすぐれた作品を生み出すべく、そして一人でも多くの人にこの作品を鑑賞して貰うべく全力を挙げることである」[*3]。映画産業の現状を踏まえながら、新規参入する自社企業の文化的貢献を印象づける、異色の解説となっている。

企業や組織のPR映画として始まった前売券制度の動員映画が、九〇年代においても依然、「バブルの遺産」として機能している業界の歩みを、佐野眞一の『日本映画は、いま』[*4]は、多様な証言により浮き彫りにしている。岡田裕の『映画・創造のビジネス』[*5]と合わせその概要をまとめると、次のようになる。映画ビジネスは、製作、配給、興行の三部門から成り立っている。東宝、東映、松竹の三大配給会社は、ブロックブッキングという方式により、自社配給の作品を独占上映する映画館を囲い込み、安定供給を確保することで、一作ごとの当たり外れを年間を通した収支によって穴うめしている。映画配給は宣伝にかける経費を含め予測の難しいビジネスだが、興行を確実なものにする「保険」もある、それが前売券映画なのだという。前売券を売ってしまえば、映画館に観客が集まらなくとも興行収入は計上される。そのため、異業種の資本参画により製作された映画を配給する代わりに、大量の前売券を担当させ、受け持つ出資企業は、たとえば下請け会社や出入りの業者などにこれを押しつけ、あるいは社員がノルマとして買い取らされることになる。大量に出回った前売券の行く先は、映画がおもしろく評判が上がれば映画館で使用されるが（これを着券と言う）、多くは劇場までたどり着かず（タンス券）、一部は金券ショップに流れ、ディスカウントチケットとして再利用される。高配収の数字を稼ぐ動員映画の多くは前売券映画であるとされ、ブロックブッキングシステムは、この弊害の多い制度により辛くも保持されている。また、企業が映画に投資した最大の理由として「節税対策」が指摘されている。バブルによってあぶれた金が映画投資に回され、さらには「映画ビジネスに参画したということで、その企業の文化的イメージを世間にふりまくことができ、社内の士気高揚にも役立つ」効果があったと佐野は分析している。ブロックブッキングシステムの維持に勤める配給会社は、いまだこの前売券システムによる動員映画を手放せずにおり、その功罪をめぐりさまざまな議論が積み重ねられている。[*6]

作品に目を転じれば、動員を目的とした企画はおのずと安易な選択へと流れていく。佐野も指摘する「小動物ものか、ヤクザものか、アニメ映画」といったお決まりが反復され、あるいは大作にふさわしい視覚的スペクタクルが用意される。「なぜいまこれを」といった疑問の湧く企画も後を絶たず、着券率は当然低くなる。宮澤賢治と『源氏物語』という組合せもまた、それぞれの加工作品の出来如何にかかわらず、安定した評価を獲得し広く認知された「国民文学」を映画化することで、文化的貢献を印象づけ動員に結びつける、企業側の製作企図を印象づけるものとなっている。

朝日新聞社はすでに文化事業団が、一九五一《昭和二六》年、戦後初めての歌舞伎座『源氏』劇を協賛し、昭和二十年代の『源氏』ブームの火付け役となっている。この公演は好評を博し、歌舞伎座の興行成績を塗り替える成果を上げた。『源氏物語』が、大量動員に結びつくシンボルであることは、自社のかつての実績が証明していることになろう。流通と消費の総体の中に、源氏文化産業とも言うべきものが経済活動の一現象として組み込まれている。

『紫式部　源氏物語』の公開前後には古典ブームとも言うべきものが生じていた。そこには対照的な二つの潮流が認められる。一つは少女たちを中心に、回し読みを媒介として学校の教室から生まれた。氷室冴子の『なんて素敵にジャパネスク』がコバルト文庫に収められたのが八四年、大和和紀の『あさきゆめみし』もまた、八〇年に第一巻が出版され、八四年には第五巻までが続刊されている。古典を素材とするこれら人気作品は、シリーズ化され、やがて世代を超えて長く読み継がれていくことになる。[*7]

いま一つの潮流は、企業や団体の「周年記念」を荘厳するシンボルとして、古典が集中的に利用されたという現象である。八七年公開の『竹取物語』は、創立五五周年を迎えた東宝が、フジテレビと提携して製作した記念企画。テレビ放送の強力な宣伝により配収一五億円をあげ、年間二位の好成績を収めている。同年には『紫式部　源氏物語』が、前述のとおり三社共同の記念企画として公開され、八九年には、宝塚歌劇が七五周年記念の一環として『新源氏物語』を再演している。[*8]八十年代後半のわずか数年の間に、記念企画を動員に結びつけるシンボルとして、『竹取物語』『源氏物語』の名がくり返し利用された。古典文学、特に『源氏物語』という固有名詞が、動員と消費に結びつく優良商品であることを、八十年代後半の消費社会は、あらためて証明してみせたことになるだろう。

だが、問題は「名」ではなく「内実」であろう。古典文学がいかなる想像力によって新たなメディアに再生したか。映画『竹取物語』への酷評は、月からの迎えが訪れるクライマックスに、『未知との遭遇』（一九七七年）を模倣する想像力の貧困と、その映画を第二回東京国際映画祭のオープニング作品に掲げる無節操さに向けられる。「すべてスピルバーグの二番煎じという、こんな映画を国際的な場で堂々と見せる無神経さ」（田山力哉『キネマ旬報』一九八八年二月下旬）。ちなみに、第一回（八五年）のオープニング作品は黒沢明監督の『乱』であった。国際映画祭のオープニングを飾ることは、配給する側にとって極めて効果的な前宣伝となる。動員を優先し国民に広く認知された固有名詞を選択する、その行為自体に正典の捏造とも再生産とも言いうる構図が内包されるが、一方で、表現と内容はどこまでも置き去りにされていく。そうした古典の流通と消費をめぐるゆがみが、映画『竹取物語』への評価となって下されている。

2　消費される言説…不倫と不敬

次に、『朝日新聞』紙上の宣伝記事に目を向けてみよう。紙面には、試写会から封切後の話題づくりまで、一つひとつ丁寧に記事化されている。映画公開に向けて順に、①「アニメ「源氏物語」お披露目の試写会」（十一月三日）、②「アニメ「源氏物語」文部省選定映画に」（十一月二〇日）、③「源氏物語　織りなすアニメ絵巻」（十二月四日）、④「長編アニメ映画「源氏物語」きょうから全国一斉公開」（十二月十九日）、⑤「王朝ロマン封切り　「源氏物語」に女性の人気」（同日、夕刊）、⑥「アニメ映画源氏物語を見て　物語を解体…独自の世界　田中千代子（映画評論家）」（十二月二三日、夕刊）、⑦「アニメ「源氏」原画展」（一月八日、夕刊）と続く。なかでも際立つのは、十二月四日の「源氏物語　織りなすアニメ絵巻」であり、「朝日新聞＊第二部」として、三三面から三九面にかけての六面を、映画『源氏物語』の宣伝に割いている。

紙面の内訳は、まず扉の三三面に「激しく過剰な世界」として林真理子の文章を掲げ、三四面には中村真一郎の「なぜ、いまなお「源氏」なのか　古く新しい人間の魂―千年を越えて引きこまれる」、氷室冴子の「もし、光源氏を恋人にしたら　最高、でも少しネクラ―わき役に多い魅力的な男性」、藤井貞和「どうして、藤壺は出家したのか　論理で割り切れぬ面―神秘な古代性尽きないナゾ」と題する三つの文章を配す。三五面には「愛の輝きと影と…光源氏めぐる人々」と見出しがあり、登場人物と物語の紹介。三六・三七面にはプロダクションノートがまとめられている。監督・音楽・脚本を担当する三者の言葉は、「杉井ギサブロー監督に聞く　現代に通じる貴族の気分」、「音楽担当細野晴臣さんに聞く　琴を使って空気を鳴らす」、「脚本を担当して　物語は〝女たちのユートピア〟そして源氏は時代の指名手配者　筒井ともみ」とあり、「平安の夢に20世紀の光」と見出しが付された見開きの中心部には、映像上の特色が詳しく解説されている。「館　CGが描く寝殿造り」、「姿　身長は190センチ赤いピアスまで」、「色　再現ではなく創造」、「桜　心象風景に必ず登場」、「装　実際に着用物腰を研究」と整理された詳細な記述は、鑑賞への期待をかき立てる。ほかに「実力派ずらりデラックス声優陣」と声優紹介の記事があり、「製作日誌」も掲載される。三九面は、関連商品の宣伝に割かれる。見出しには「目で耳で…古典が身近に」とあり、『アニメーション源氏物語』と『林静一画集・源氏物語』の二冊の出版物、サントラ盤、記念テレホンカード、朝日カルチャー講座カセットテープ、ポストカードとお香のおまけセット付前売券、全国の上映館の紹介がある。「趣の違う現代語訳　野口武彦氏が解説」とあるコーナーでは、与謝野・谷崎・円地・田辺訳の成立背景と訳文の特色が解説されている。

その圧倒的なまでの情報量。劇場パンフレット一冊分を優に越える内容が編集され、多数の映画スチールが紙面を飾る。映画ばかりでなく、原作の『源氏物語』、さらには周辺文化の理解に役立つ情報が盛られ、内容的には大変読みごたえがある。だが、これも製作会社の紙面であればこそ、すべて映画の宣伝として機能する。掲載されるテキストも、映画化をことほぐ文脈に自ずと回収されていくことにもなるが、そうしたメディアの枠組みにあって、「違和」を感じさせる叙述に目が止まる。「どうか、この物語の主人公は継母を犯したとか、まして義母と道ならぬ関係をしたとか、まちがったおそろしい読みをしないように」。藤井のこの記述は、紙面に散見される不倫イメージの再生産と真っ向から対立している。たとえば「不倫あり、レイプまがいの略奪結婚あり、親子、兄弟入り混じっての三角関係ありと、かなり過激なストーリーではないか」（林）、「義理の息子にあたる五歳下の源氏に慕われ一度はその愛を受けいれ、妊娠。終生、そのことに思い悩む」（藤壺の人物解説）、「彼は生母の面影を藤壺に重ね合わせ、思いをつのらせる。そして許されない愛へと踏み込んでいく」（ものがたり解説）、「義理の息子と不倫の関係になる藤壺を、包容力のある女として演じたつもりです」（大原麗子談）。

　すでに藤井は、八四年に刊行された『GS』一号に「『源氏物語』の性、タブー」を発表しており、八五年にはこれを所収した『物語の結婚』（創樹社）を刊行している。その論文で藤井は、近代的な道徳概念による作品裁断への違和を導入として、『源氏物語』に描かれた結婚制度のタブーを分析する。結論として導かれるのは、『源氏物語』において、婚姻の制度をめぐる重大なタブーは守られているという内容であった。藤壺の問題に限定すれば、光源氏と藤壺の関係は「庶母

(stepmother)」との婚姻と認定され、「庶母との婚姻はタブーであった、とは考えられない。この二人の密通性は、桐壺院の妻妾の一人が他の男性と通じた、というところにある〈一部に光源氏は義母(mother-in-law)と通じた、などと解説されるのはとんでもないひが事である。藤壺は光源氏の義母ではない。義母ならば重大なタブーの違犯となる〉」と論じている。

朝日新聞のエッセイにおいても藤井の論点は一貫してくり返されている。「光源氏が父帝という王権の持ち主の妻を犯したのは、物語が、かれを王権に近づけるために藤壺に恋させた」ためであり、光源氏の「王権さん奪の野望」に注意をうながす。エッセイの後半では、近代的な論理ではわりきれない要素として、須磨の暴風雨と藤壺の怨霊化を「神秘な古代性」の具体例としてあげている。「古代性」を特権化する論理構成には議論もあるが、それは今はおき、藤井の記述を踏まえてここで確認したいのは、光源氏と藤壺をめぐって流通する類型化された言説が、王権侵犯の問題を隠蔽していく構図なのである。

再びまとめると、藤壺との性的関係において結婚制度の重大な禁忌は犯されていない、しかし王権は犯されている。そこに罪がうまれ、罪にまみれながら光源氏は、藤壺との関係を媒介にしてやがて王権簒奪の裏系図に自らの名前を登録していく。八十年代以降に議論となった『源氏物語』研究の王権論もまた、「王権」と「犯し」をめぐる読解をとおして、天皇制をめぐる文脈に『源氏物語』を位置づけ直した。[*9] しかし、大衆文化に流通する『源氏』をめぐる言説の中心は、光源氏と藤壺との関係、及び罪障意識の起因を、「不倫」にあると位置づけ続けている。今日的な男女関係の枠組みを物語に重ねることで、『源氏物語』は現代の読者共同体に幅広く受容されていくのだと言えようが、そのことと引換えに、「無視」され、あるいは「隠蔽」され続けていくものがあることに注意しなければならない。王権への犯しがそれであり、天皇制に結びつく回路もまた同様に背後に隠されていく。

二〇〇〇年の七月は二千円札の発行(七月十九日)を目前にして、雑誌で『源氏物語』特集が盛んに組まれた。そこに流通する言説は、八十年代と同様であり、むしろ強化されているかにみえる。月刊誌『MOE』(通刊二四九号、白泉社、七月一日発行)では、「源氏物語は平安レディースコミックだった⁉」と題して物語を紹介、冷泉帝を「不倫の証」と説明している。『AMUSEアミューズ』(通刊二四六三号、毎日新聞社、七月十二日発行)は、「源氏物語を歩く」を二七ページにわたって特集し、『源氏物語』をめぐる文化を多彩に浮かび上がらせているが、その物語紹介には、「成長するにつれ、亡き母そっくりの藤壺の宮に思慕の念を抱くようになる。しかし、藤壺は父の妻であり、「光る君」「輝く日の宮」と並び称されながらも、源氏はじめての恋は報われないのである」。『saita』(通刊七八号、芝パーク出版、七月十三日発行)は「新源氏物語占い」を掲載、「14人の姫にたとえてわかる私を取り巻くすべての人間関係!」と題した占いのほかに、『源氏物語』に関連する六つのコラムを用意する。十四人の女君の人物イメージも興味深いが、「源氏物語ってどんなお話?」とある解説では、「義理の母親との恋や美しい女の子を養育する話、そして政権争いに巻き込まれた末の左遷など、渦巻くように進んでいきます」とある。さらに、二千円札発行後の『サンデー毎日』（七月三〇日号、毎日新聞社）では、「新札「源氏」をめぐる秘話　相談された寂聴さんが…」として、小渕前首相から相談を受けた瀬戸内寂聴の言葉を紹介する。刷られてきた二千円札の見本を見て、「冷泉院は、源氏と継母にあたる藤壺女御の間に生まれた不倫の子ですから、ちょっとねこれはどうかなと申しあげたんですが、もう刷れてしまっているというので、仕方がない」とあり、それを受けて記事は、女性編集者二人の「お札が不倫解禁のお墨付きだわ。粋な置き土産ね」とささやく言葉で結ばれる。

「義理の母」との「不倫」と記述される限りにおいて、王妃と臣下との密通による天皇制への侵犯という核心は遠景化していく。「不倫」という、男女関係の物語に回収する言説によって、政治的な文脈が覆われていく受容の構図が、九〇年代の『源氏』ブームにおいて反復されている。

さかのぼれば、一九五一《昭和二六》年に始まる戦後最初の『源氏』ばやりにおいて、典雅な「悲恋」といった物語の枠組みが、皇室への不敬表現を希薄化する装置として機能していた。「七大スタアが目もあやに織りなす王朝の大悲恋絵巻！」とは、五一年に『源氏物語』が映画化された際の宣伝コピーである。「不敬文学」として当局の弾圧を受けた戦時下の受難を経て、藤壺の物語を描く自由を勝ち得た戦後も、映画や演劇に加工された『源氏物語』は、いまだ皇室への配慮を覗かせている。その具体相は前稿で述べた。[*10]「大悲恋」が戦後の動員に結びつくキーワードならば、「不倫」は、より現代的な関心をよぶ男女の物語として機能しよう。光源氏と藤壺との関係を「不倫」の物語に凡庸化することで、『源氏物語』は受け入れられやすい物語として流通を許され、大量にメディアに乗って消費されていく。その裏面で、天皇制の権力構造ににじり寄る物語の基幹は、潜在化を余儀なくされ、無視され続けていくことにもなろう。大衆的なメディアに流通する光源氏と藤壺をめぐる言説は、語りにくいものの存在性を意識化させながら、「不敬」の拘束をいまだ解きえていない『源氏物語』の現在を照らし返している。

3　アニメへのメディア変換…複数化する『源氏物語』

アニメーション映画『紫式部　源氏物語』は『源氏物語』の加工作品として、実写映画や演劇とは異なる、特異な表現世界を創りあげている。役者の身体に規制される実写映画や舞台と異なり、世界を一から自在に構築しうるのがアニメーションの特色であろう。最後に、その映像表現を対象化する。

監督の杉井ギサブローは、虫プロ出身のベテランで、TVシリーズも多数手がけている。代表作は映画『銀河鉄道の夜』だが、広く知られているのは『タッチ』であろう。30%を越える高視聴率を得て数度映画化されており、[*11]あだち充の代表作をイメージを損なうことなくアニメ化することに成功している。夾雑物を排した画面構成、白を基調とした背景によって、登場人物の揺れる心理を繊細に浮かび上がらせる演出に特色があった。同様の演出は映画『源氏物語』にも生かされている。

邸の外部、柱と柱の外側にはほとんど何も描きこまれず、がらんとした空間が広がる。車争いの場面も、背景は透過光により処理され、葵祭りの喧噪すら限られた情報によって構成される。そうしたそぎ落としの演出は徹底しており、たとえば雨夜の品定めの場面、脚本では男たちのやり取りを部屋の内側から描くが、仕上がった映像では、一間だけ明かりの灯された雨の宮中を遠景に捉えたロングショットで処理される。男たちの声も聞き取りにくいほどにか細い。そのように、女性談義への距離感を光源氏の心理と重ねて描きながら、藤壺の里下がりを話題にする左馬頭らの、何気ない言葉を契機として場面は急転する。次のカットでは、塗籠で一人化粧する光源氏が、静かな気迫をたたえて映しだされる。塗籠という籠りの空間で、化粧による変身がなされていくのは、藤壺との密事が、日常から隔絶した「晴」の時空の、祝祭性を帯びた侵犯行為であるからに他ならない。犯しと罪を内包した密通への揺るがぬ意志は、その無言の表情が静かに浮き立たせている。雨夜の品定めから密事への展開、および密通を祝祭の時空に位置づける演出は、省略と添加とを解釈でつなぎ見応えがある。脚本をはじめ、登場人物の表情や動作、背景描写をそぎ落とす演出にあって、対照的に強調されてくるのは、抽象化された記号の連鎖と、計算された身体の動きなのである。

キャラクターの抑制された表情とは対照的に、より豊かな表情で主張するのは背景美術である。その色づかい、几帳や壁代などの調度デザインが華やかに画面を彩る。特に調度の柄は、藤壺には藤、六条御息所は竹、弘徽殿女御には牡丹といった具合に、大胆なデザインによって人物と空間の属性を端的に表象する。模様と女君との組み合せは、単純な対応関係の域を出ないが、終盤、光源氏が惟光を相手に女性関係を回顧する場面で、女君の居ない部屋のしつらいが一つひとつ映し出されるとき、典型的な記号による象徴化と、そこから疎外された女性の固有性とが二項対立化する。光源氏の許には、彼が女性に要求し消費し続けてきた理解可能な記号だけが、調度の模様に形象化された残骸の如くに残留し、生身の身体＝存在それ自体は捉え得ぬまま喪失する。光源氏が紡ぐ関係性の限界がそのように総括される文脈の中で、一義的であった背景美術は、一転して光源氏と他者との関係性を照らしだす自己解体的な装置へと転化する。

色づかいの演出でも一例をあげる。若紫の成長と位置付けの変化は、画面の色調の変化と連動して暗示されている。たとえば、若紫が登場する北山の秋の景色や、二条院の若紫周辺の色調は、いずれも黄色を基調とした暖色系で整えられているが、須磨行きを前に、光源氏と向き合う対話の場面では、若紫の部屋の色合いは紫と青系統に変化する。かつて藤壺の部屋に用いた紫の色調、および妻葵の上の部屋に配されていた青系統を組み合わせることで、紫の上の位置づけの変化と少女からの成長を巧みに描き分けている。こうした、加工に伴う想像力の飛翔が自在になされる一方で、リアリティの構築は、CGのワイヤーフレームによりモデリングされた寝殿造りの背景美術、衣装の皺のつけ方や、舞い散る桜や紅葉、灯台の明りなど、細部の丁寧な作画によって確保されている。

さて、アニメーションの「動き」に視点を移すと、平安朝を舞台としたこの映画では、キャラクターの動きは退屈なまでに抑制されている。しかしそのことがかえって、身体動作を際立たせるという逆説を生んでもいる。なかでも、「歩く／走る」という二項対立と「舞う」身体は、このアニメーションの基調となる動きとなっている。

男性貴族の政治集団に連帯しえない光源氏の歩みは、左大臣家側の仲間と共に宮中にあっても、一人遅れやがて取り残されていく。一人佇み歩く立ち姿の印象的な反復は、集団から疎外された光源氏の存在性を映像として定着させている。また、その孤独な歩行は、光源氏が抱え込む王妃藤壺への思慕と結びつくことによって、他者とは共有しえない、内に秘めた不遜な欲望の在りかをも浮かび上がらせていくことになる。一方「走る」姿は、そうした抑制された身振り、社会生活の中で訓化された立ち居振る舞いに抗う身体として、歩行する身体と二項対立化する。光源氏の走る姿は、四たび反復されている。夕顔を抱いて別邸の回廊を、藤壺との密会の夜に雨の中を、北山の草原で若紫を抱擁しながら、情熱に突き上げられ、せき立てられるようにして走る光源氏。その淵源には、桜の舞い散る闇を、何かを追うように、あるいは追われるようにして走る、幼い光源氏の幻影が位置づけられている。

光源氏が属する共同体への違和は、林静一原案のキャラクター設定にも反映されている。成人男性の証しである髻を結わず女性のように垂らした髪や、耳にあけた赤いピアスもまた、当然原作にはない設定ながら、社会的な規範に訓化されることを拒否するキャラクターを視覚化する。脚本の筒井ともみは、自らの光源氏像を「キッズ」という言葉によって説明するが[*12]、そうした位置づけはこのキャラクター設定にはよく適合していよう。原作にも、光源氏は「女にて見奉らまほし」と形容され、両性具有的な造型が指摘されるが[*13]、社会的な規範への回収を拒否する危険な存在性は、映画の思いもよらぬ視覚イメージが鮮やかに増幅している。

裸を描くこともアニメーションではむしろためらいがない。そのことが、これまでの加工作品では見落とされてきた、原作の表現を照らし返すことにもなる。藤壺との密会場面は、原作からの呼応と離反を興味深く示している。映画での光源氏は、言葉もないまま一気に藤壺の衣を解き、言葉は藤壺を裸にした後に、遅れて発話される。激しく、とり乱した光源氏。原文に目を向けると、密事の締め括りには「命婦の君ぞ、御直衣などは、かき集めもて来たる」(新編日本古典文学全集「若紫」(1)二三二頁)と記されている。散乱した光源氏の直衣を、王命婦が拾い集めて差し入れる。その叙述は、直衣を脱ぎ散らかして迫る光源氏の惑乱を暗に語っている。自ら「脱ぐ」行為を、相手の衣を「脱がせる」行為に反転させながら、我を忘れた光源氏の逸脱ぶりを、映画は原文に学び映像として定着させている。

対照的に、原文から全く離脱するのは、舞い散る桜のイメージを媒介として、母更衣の記憶を藤壺との情交に重ねていく点にある。この桜は、光源氏を呪縛する死の幻影として、後に映画の中で明確に位置づけられていくが、藤壺との逢瀬に死のイメージを添加する加工作品には、他に田辺聖子の『新源氏物語』(新潮文庫)をあげることができる。光源氏と藤壺との逢瀬の会話には、「かならずお目ざめになるという確信がなければ、私もおくれをとらず死のうと思うほど、あなたの寝顔は死に顔に似ていられた」／「不吉なことを。光るの君さまは、わたくしにお逢いになると、きまって、死や地獄や罪の話を弄ばれるのですね」／「あまりに幸福なとき、人は不幸を連想するのです」（上巻・九五頁）。原作が『伊勢物語』六九段を参照し、夢と現し身の相克を想像力の源泉として密会の言説を紡いだのに対し、性愛に死の衝動を接合して描くのは、現代の加工作品に反復される想像力の枠組みと言えるだろう。

さて、その桜のイメージは、意味ありげにインサートされる桜の巨木と共に、アニメ版『源氏物語』の全体を統括する主要なモチーフとなっている。ここに「死」が象徴され、前作『銀河鉄道の夜』との連関が計られていることは、杉井監督自身が述べるところでもある。[*14] 具体的に見てみよう。映画の冒頭、夕顔に「やっと巡り会えたのかもしれない、心を一つに重ねる人と……」[*15] と吐露する光源氏であるが、その瞬間、ふいに夕顔は亡骸となり、関係性の中に得た自らの根拠をも喪失する。光源氏が幻視する桜の袿が死をもたらし、その花びらは、藤壺との情交場面や若紫との同衾場面などにも舞い降る。女性との関係性の中に自らの居場所を得ることは、むしろ残酷に剥奪される喪失感へと直結する。そうした内なる不安と恐怖には、原体験として母更衣の死があり、舞い散る桜の中を走る幼い頃の記憶は、反復される光源氏のトラウマ映像となっている。光源氏の「走る」行為に体現されているものは、母の死に淵源をもつ、追い求める行為と逃げる行為とが不可分に溶融した、生と死をめぐる切迫した情動なのであった。その恐怖を、外在する「桜」によって幻視する光源氏が、死の幻影を内面化し、自らのものとすることで美しく再生する、主体形成の過程を描く通過儀礼の物語として、映画は『源氏物語』を大胆に再構成している。

原作では須磨への謫居と暴風雨が、いわば光源氏における通過儀礼の試練として機能しているが、映画では、同じ須磨行きを前にして見る夢が、疑似的な死と再生の経験を代替する。その夢の映像は、スタンリー・キューブリック監督『２００１年宇宙の旅』（一九六九年）のクライマックス、スターゲイトを模倣する。光の洪水の中を高速度でつき進む映像と、その経験が新たなる存在への再生をもたらすという意味づけも共通する。光源氏は、混沌とした海のうねりに漂い、やがて死んだように静まり返った平安京を、超高度の高みから俯瞰する。その不可思議な夢が指し示す通過儀礼の内実とは、自らの分身として女性を求め、母との鏡像的な関係を幻想する光源氏が、夢の中での上昇運動の果てに、超自我の俯瞰的な視界を獲得する物語であると、そのように夢解きすることができる。[*16]

再生した光源氏を象徴するのは「舞」である。光源氏の舞い姿は映画の中に三度用意されている。まずクレジットタイトルの画面の中で、二度目は藤壺の出家を受けて雪の舞い降る二条院で、最後はこのクライマックスからエンドクレジットに及ぶ、桜の古木の下で舞われる舞である。三場面はそれぞれに差異をはらみながら反復されるが、最後の舞い姿は、動的なフレーム、透過光とフィルターで処理された桜、細野晴臣の旋律などを駆使して殊に差異化が強調される。その際、光源氏が身にまとう桜の袿は、死の内面化と秩序化を表意し、美もまたそれを発条として体現される。この最後の映像に、宇宙樹たる古木と共振し、舞い散る桜に溶融する光源氏の美の至上性を、再生のカタストロフとして表出しうるかが、アニメーションという表現媒体を用いたこの映画の、成否を分ける賭けであったと言えよう。

ここであらためて、『源氏物語』の加工文化における「舞」の意味作用に注目してみたい。光源氏の舞踏は、歌舞伎や宝塚、映画など、加工作品の中では重要な位置を占め、見所の一つとしてくり返し演じられてきている。特に紅葉賀の試楽は、原作では桐壺聖代を象徴する賀宴として位置づけられており[*17]、その中核を担う青海波は、加工作品でも取り入れられることの多い舞となっている。役者が演じる舞踏の美しさは、華やかな「王朝文化」と、光源氏＝役者の魅力を観客に印象づけるが、天皇の御前で舞われる構図それ自体は、王威の顕現と政治権力の公的秩序を舞台やスクリーンに再現する。三田村雅子の論文「青海波再演」と「中世王権と青海波」は、歴史の中に再演された青海波舞を丹念に踏査することで、「青海波は天皇制を支える中核的な祭儀として、人々の思いを集めながら現在に至るまで舞われ続けている[*18]」とし、天皇制と『源氏物語』の相補的な関係を史料から跡づけている。この構図自体は、近年の『源氏物語』の加工文化においても、王朝みやび文化の美的再現という欲望に組み込まれ、舞台や映画にくり返し再生産されている。天皇制侵犯をめぐる言説は流通せず、天皇の権威を補完する美的王朝幻想は流通する、そうしたゆがみもまた『源氏物語』をめぐる文化は孕んでいる。

アニメーション映画『紫式部　源氏物語』は、光源氏の内面に焦点を据えることで、舞をめぐる独創的な選択肢を提示した。いかがわしく複数化する『源氏物語』の文化的効果を、まずはそのあたりに測定しうる。二〇〇〇年に公演された宝塚歌劇の『源氏物語　あさきゆめみし』[*19]もまた、紫の上の最期に陵王の舞を舞わせることで、青海波とは異なる舞を主題化する。紫の上の舞は原作にはなく、直接の原典として依拠する大和和紀の『あさきゆめみし』とも異なる。だが大和は、朝顔の前斎院の母がひっそりと陵王の舞を舞う印象深い場面を創作しており、その主題を紫の上に転移させたものとなっている。マンガの中で、朝顔の君の感慨は次のように紡がれている。「陵王は北斉の王だったという／世にもまれな美貌であったため／おそろしい面で素顔をかくして戦にのぞんだという…」、「陵王とは反対に母は…すべての妻たちは／怒りや涙を面にかくして女の戦をたたかわねばならなかったのだ」、「貞淑な妻という面の裏側におしまげられた自分をかくして…」、「なぜ女にはそういう生きかたしか許されていないのだろう…?」[*20]。同じ思いを抱え舞う紫の上の陵王の舞は、大地を踏む荒々しさによって見る者を圧倒する。ひととき、トランスジェンダーの幻影が舞台の紫の上に憑依する。光源氏は、力尽きた紫の上を抱きかかえ、喪失したものの意味に今更に気づき慟哭するのであった。

宝塚というメディアに再生した新しい『源氏物語』は、ジェンダーの問題意識を全身に浴びて、印象的な舞を生み出した。死への不安を物象化する桜の袿を身にまとい、超脱した美へと転化するアニメ版の舞もまた、アニメーションというメディアの自在な表現様式に支えられながら、固有の「舞」を創出している。複数化する『源氏物語』をつなぎ合わせることによって、経済機構に組み込まれた商品として、言説状況の中で、あるいは作品として、諸力により編成された源氏文化の現在が、『源氏物語』の神話作用を通して形成される全体性の幻想に抗うように、徐々に細部をあらわにすることだろう。そしてこの多数性に孕まれるいかがわしさこそが、『源氏物語』の文化現象を読み解く際の重要な鍵になるのではと思われる。私たちの感性を組織化し、均質化へ導く表象の政治学を同時に対象化することはもちろんのこととして。

たとえば、あらためて「桜」と「光源氏」が溶融するクライマックスとは何か、と問い直してみる。映画が指し示す読みのコードは、死と再生を内面化する光源氏の通過儀礼の物語であったが、そこに用いられる表象それ自体を政治的な力の作用の相において捉え返すなら、「桜」と『源氏物語』の合一とは、日本を代表する聖別されたシンボルのあられもない一致を意味していよう。加えて筒井脚本では、この「樹齢千年の桜の巨木」[*21]の在所を、御所の一隅に指定している。悠久の時を刻む千年の桜と、千年を越えて伝わる『源氏物語』、そこに天皇制の伝統を保証する時間意識が深層に組み込まれていく。[*22]選択された表象は、「桜」と『源氏物語』という、日本のアイデンティティ形成に奉仕する紋切型を強度に反復したものに他ならない。

果たして私たちが、そこにいかなるコードを読み取っていくのかは、源氏文化にひきつけられる解釈共同体の、私たち自身の問題意識にかかっている。

注

＊1　配収・動員等のデータは、『キネマ旬報』(キネマ旬報社、一九八九年二月下旬号)、『'85世界映

画作品・記録全集』（同、一九八五年）、『'87世界映画作品・記録全集』（同、一九八七年）、『'89世界映画作品・記録全集』（同、一九八九年）、『映画・ビデオイヤーブック一九九〇』（同、一九九〇年）、『戦後キネマ旬報ベスト・テン全史　一九四六〜一九九六』（同、一九九七年）等を参照した。

＊2　『戦後キネマ旬報ベスト・テン全史　一九四六〜一九九六』（＊1）。

＊3　劇場パンフレット『銀河鉄道の夜』（東宝出版・商品販促室、一九八五年）。チラシにも同文が掲載される。

＊4　佐野眞一『日本映画は、いま―スクリーンの裏側からの証言』（TBSブリタニカ、一九九六年）。

＊5　岡田裕『映画　創造のビジネス』（ちくまライブラリー、一九九五年）。

＊6　一九九九年、松竹はブロックブッキングを解消した。解体と再編の波に映画産業もまたさらされている。映画産業の現況については、藤竹暁『図説　日本のマスメディア』（NHKブックス、二〇〇〇年）参照。

＊7　一九八六年一二月二七日にはこの人気を受けて、『なんて素敵にジャパネスク』がNTVでドラマ化されている。富田靖子の瑠璃姫、石坂浩二が演出した二時間ドラマであった。

＊8　グランド・ロマン『新源氏物語―田辺聖子作「新源氏物語」より』は、月組公演、原作田辺聖子、脚本演出柴田郁宏、剣幸の光源氏で、一九八九年五・六月宝塚大劇場、八月東京宝塚劇場で上演された。初演は一九八一年、月組公演、榛名由梨の光源氏で、一・二月宝塚大劇場、四月東京宝塚劇場で上演されている。

＊9　小嶋菜温子『源氏物語批評』（有精堂、一九九五年）、河添房江『源氏物語表現史―喩と王権の位相』（翰林書房、一九九八年）が、八十年代の王権論を総括し、日向一雅『源氏物語の王権と流

離』（新典社、一九八九年）、阿部好臣「源氏物語の朱雀帝を考える」『日本文学』（一九八九年三月）など、多くの論考がこの問題を対象化し議論の中心に据えた。王権をめぐる研究状況の整理と展開として、松井健児「王権・性差・身体」『新物語研究4　源氏物語を〈読む〉』（若草書房、一九九六年）、小林正明「逆光の光源氏―父なるものの挫折」『王朝の性と身体―逸脱する物語』（小嶋菜温子編、森話社、一九九六年）など。

＊10　立石「『源氏物語』の加工と流通―美的王朝幻想と性差の編成」『源氏研究』五（翰林書房、二〇〇〇年四月）。

＊11　『劇場アニメ70年史』（徳間書店、一九八九年）参照。

＊12　「具体的には、スニーカーを履いたキッズをイメージして欲しいですね。すごくフットワークが軽くてね。マティリアルでフィジカルで、物のディティルにこだわるような世紀末的なキッズですね。国家が統一されていくときにあって、美しいものが好き、肉体で感じるものが好きという男は、国家から見ると、すごく危険人物だと思うんです。くれぐれもいわゆる情に溺れていく二枚目的な源氏じゃなく、現代でも通ずる危険で本当のしゃれ物の、新しい源氏にしたい」（劇場パンフレット『紫式部源氏物語』、東宝出版事業室、一九八七年）。また、杉井監督は「彼は時代に溶け込めず、いつもアウトロー的な位置にいる」（同前）と解説。

＊13　立石「「女にて見奉らまほし」考―光源氏の容姿と両性具有性」『日本文学研究論文集成　源氏物語2』（植田恭代編、若草書房、一九九九年）、三田村雅子「座談会「光源氏」とは何か」『國文學』（一九九五年二月）、小嶋菜温子「光源氏の身体と性―王朝物語史から」『王朝の性と身体―逸脱する物語』（＊9）、河添房江「性と文化のアンドロギュヌス」『性と文化の源氏物語―書く女の誕生』（筑摩書房、一九九八年）など。

＊14 「成長して、源氏はさまざまな女性と関係をもちますが、そのあいだにも、桜が散ると誰かが自分から離れていくのではないか、という恐怖感が常にあるのです。彼にはいつも、生《いのち》という問題がつきまとっているわけです。そして、最後には源氏がその桜に対する恐怖を乗り越える。つまり、母の死を乗り越えて、あえて生というものをつかんでゆく――。これはもう、境遇こそちがいますが、ジョバンニと同じではないかと思ったのです」（『アニメージュ』一一四、徳間書店、一九八七年一二月）。他に、田中千代子構成によるインタビュー「「杉井ギサブローの世界」を解明する」『キネマ旬報』（一九八七年十二月下旬号）がある。同号には淀川長治の評論も掲載されている。

＊15 『アニメーション　源氏物語』（朝日新聞社、一九八七年）所収の筒井脚本。

＊16 精神分析の枠組みがここにも範列的に適用しうる。光源氏の夢は、想像界的な領域から象徴界的なものへの移行をなぞる。小林正明『村上春樹・塔と海の彼方に』（森話社、一九九八年）、同「双数と法の宇治十帖」『日本文学』（一九八九年五月）、同「逆光の光源氏―父なるものの挫折」（＊9）に多くの示唆を得た。

＊17 松井健児「朱雀院行幸と青海波」『源氏物語の生活世界』（翰林書房、二〇〇〇年）。

＊18 三田村雅子「青海波再演―「記憶」の中の源氏物語」『源氏研究』五（翰林書房、二〇〇〇年）。同「中世王権と青海波―「記憶」の中の源氏物語」『玉藻』三六（二〇〇〇年五月）。

＊19 宝塚ミュージカル・ロマン『源氏物語　あさきゆめみし』は、花組公演、原作大和和紀、脚本演出草野旦、愛華みれの光源氏で、二〇〇〇年四・五月に宝塚大劇場、七・八月には東京の１０００ｄａｙｓ劇場で上演された。

＊20 大和和紀『あさきゆめみし』六（講談社コミックスｍｉｍｉ、一九八五年）。朝顔の君非婚の理由として、母の陵王の舞が設定されている。陵王の舞については、植田恭代「『源氏物語』と陵王

―「引用」の彼方にあるもの」『論叢源氏物語3　引用と想像力』（新典社、二〇〇一年）参照。

＊21　筒井ともみ「とわず桜がたり―あとがきにかえて」『アニメーション　源氏物語』（＊15）。

＊22　小林正明「『源氏物語』王権聖樹解体論―樹下美人からリゾームへ」『新物語研究4　源氏物語を〈読む〉』（＊9）は、草木や樹木とからみあう天皇制幻想と、その権力作用、神話作用を論じている。

源氏物語・端役論の視角

——語り手と端役あるいは源典侍と宣旨の娘をめぐって——

三谷邦明

1　源典侍、語り手と端役

源氏物語に接近《アプローチ》するためには、さまざまな方法がありますが、その一つに物語学（Narratology）があります。〈物語とは何か〉と問いかけながら源氏物語というテクストを読んでいく方法です。別の言い方をすれば、〈示すこと（Showing）〉≠物語内容ではなく、〈語ること（Telling）〉≠物語形式の地平から源氏物語を読んでいく立場が、それです。〈何が語られているか〉ではなく、〈どのように語られているか〉を重視して、テクストを読んでいく視点だと言ってよいでしょう。

これまでの批評や研究、あるいは多くの読者たちは、源氏物語という文学テクストを〈示すこと〉を中心にして読んできました。登場人物や主題・情景などに関心を持ち、〈どのように語られているか〉ということを無視してしまい、そのために、後に例示しますが、テクストを読み誤ってしまったのです。〈語ること〉は無視されるか、〈示すこと〉より劣位にあるものとして扱われてきたのです。その劣位にある〈語ること〉に注目し、〈示すこと〉に不意打ちを与え、優位にあり、安定していると思っている〈示すこと〉を解体化していくのが、私の物語学です。今日お話する端役論・脇役論は、その劣位にある〈語ること〉が〈示すこと〉に異議申し立てをする物語理論の立場から展開されることになるでしょう。

源氏物語が書かれた古代後期の「王朝国家」＝「摂関政治」という時代は、階級・階層意識の強い社会でした。それ故、物語文学という散文小説でも〈敬語〉を使用せざるをえなかったのです。近代の小説では、会話文などでは用いられているものの、地の文では敬語を使わないのが原則です。

源氏物語の作者紫式部は、父藤原為時は極官は越後守で正五位下であり、夫宣孝とは右衛門権佐兼山城守正五位上であった時に死別しています。彼女の身分・家柄から源氏物語を書くとしたら、登場人物の多くに敬語を使用せざるをえなかったと言えます。すべての地の文に敬語を付けた物語は、読むと煩わしいものです。それ故、紫式部が編み出したのが、巻々や各場面で語り手を交替させるという技法でした。

例えば、源氏物語桐壺巻の冒頭場面は、

(a) いづれの御時にか、女御更衣あまたさぶらひたまひける中に、いとやんごとなき際にはあらぬが、すぐれて時めきたまふありけり。はじめより〈我は〉と思ひあがりたまへる御方々、

めざましきものにおとしめそねみたまふ。同じほど、それより下臈の更衣たちは、ましてやすからず。(1―九三)

と書き出されています。「御方々」と記されている、三位以上の女御たちには、「御」とか「たまふ」という敬語が用いられていますが、続く文章の四位以下の更衣には使用されていません。これは紫式部の立場ではありません。彼女は、四位の更衣にも敬語を使わなくてはならない家柄の出自なのです。

この桐壺巻の語り手は、

(b) もの思ひ知りたまふは、〈さま容貌《かたち》などのめでたかりしこと〉〈心ばせのなだらかにめやすく、憎みがたかりしこと〉など、今ぞ思し出づる。さまあしき御もてなしゆゑこそ、すげなうそねみたまひしか、人がらのあはれに、情《なさけ》ありし御心を、上の女房なども恋ひしのびあへり。「なくてぞ」とは、〈かかるをりにや〉と見えたり。(1―一〇一)

とか、

(c) ほど経《ふ》るままに、せむ方なう悲しう思さるるに、御宿直《とのゐ》なども、絶えてしたまはず、ただ涙にひちて明かし暮らさせたまへば、見たてまつる人さへ露けき秋なり。(1―一〇二)

とか、

(d) (帝が食事をわずかしか食べないのを)すべて、近うさぶらふかぎりは、男女《をとこをむな》、「いとわりなきわざかな」と言ひあはせつつ嘆く。(1―一一三)

などとあるように、「上の女房」、つまり天皇の身近に仕えて、身の回りの世話をした女房であることが推測できます。つまり、内侍所の女房の一人なのです。

四位の更衣に敬語を使わないでよい、内侍所に仕える女房は、内侍所の次官である典侍《ないしのすけ》以外には考えられません。典侍は、定員四人で、公卿・殿上人などの女《むすめ》や天皇の乳母などが任じられ、位は四位程度（本来は従六位相当）ですが、時には二位・三位に昇る場合もあります。つまり、その典侍の一人が、源氏物語桐壺巻の語り手なのです。

ところで、桐壺巻には、一人の典侍が登場します。彼女は、

(e)　年月にそへて、御息所《みやすどころ》の御ことを思し忘るるをりなし。〈慰むや〉と、さるべき人々参らせたまへど、〈なずらひに思さるるだにいとかたき世かな〉と、うとましうのみよろづに思しなりぬるに、先帝《せんだい》の四の宮の、御容貌《かたち》すぐれたまへる聞こえ高くおはします、母后世になくかしづききこえたまふを、上にさぶらふ典侍は、先帝の御時の人にて、かの宮にも親しう参り馴れたりければ、いはけなくおはしましし時より見たてまつり、今もほの見たてまつりて、「亡せたまひにし御息所の御容貌に似たまへる人を、三代の宮仕に伝はりぬるに、え見たてまつりつけぬを、后《きさい》の宮の姫宮こそ、いとようおぼえて生ひ出でさせたまへりけれ。ありがたき御容貌人《かたちびと》になん」と奏しけるに、〈まことにや〉と御心とまりて、ねむごろに聞こえさせたまひけり。　（(1)―一一七〜八）

という桐壺帝が桐壺更衣の形代／ゆかりである先帝の四の宮、後の藤壺の噂を聞く場面に登場し

ます。この典侍は、先帝にも仕えていたため、現在でも先帝の后邸に出入りしており、藤壺が桐壺更衣によく似ているので、帝に報告したのです。これが藤壺入内の契機となったことは言うまでもないことでしょう。

この典侍は、「三代の宮仕に伝はりぬるに」と語っているので、先々代の帝の時から上宮仕えを務めてきた老齢の女性です。「三代」とは、「一の院（朱雀院）」「先帝」そして「桐壺帝」を意味しています。紅葉賀巻で桐壺帝が朱雀院に行幸しているので、一の院は桐壺帝の父親らしいのですが、この二人と先帝との関係は解らず、諸説があります。それはともかく、三代の帝に仕えているので、この典侍は相当な年寄です。多分、この典侍が桐壺巻の語り手なのです。

ところで、年寄の典侍と言うと、「色好み」で老齢な源典侍が想起されます。十九歳の光源氏は、紅葉賀巻の後半で、五七・八歳の老女源典侍と、賢所とも言われている温明殿で烏滸で滑稽な逢瀬を遂げます。二人の性的関係に、頭中将も加わり、滑稽などたばた劇が演ぜられることになるのですが、この伊勢物語の九十九髪《つくもがみ》章段（六三段）を引用している場面に登場する源典侍は、桐壺巻に顔を出している典侍と同一人物ではないでしょうか。藤壺について典侍が帝に語った場面は、光源氏の何歳の出来事か解らないのですが、源典侍が四十代後半のことだと想定できます。

この仮説が成立すると、源氏物語の語り手は、意外にも源氏物語の端役として登場することがあるという、もう一つの仮説を想定することができます。既に、「源典侍物語の構造―織物性《テクスト》ある いは藤壺事件と朧月夜事件―」（『物語文学の方法Ⅱ』第三部第八章所収）で述べたように、紅葉賀巻で描かれている源典侍と光源氏との滑稽な逢瀬は、藤壺事件と朧月夜事件をパロディ化し、擬《もど》いたものです。

源典侍という人物は、末摘花や近江君と共に、源氏物語の三滑稽の一人に数えられ、端役・脇役として扱われていますが、他の二人とは異なり、〈王権〉という源氏物語の中軸となる主題群の一つと関わっているという意外な側面をもっています。彼女は、藤壺や朧月夜と同じ地平に位置する女性でもあるのです。なお、末摘花と共に、彼女が女源氏であり、皇家統《わかんどほり》（王家統）であることに、まず注目しておきましょう。皇家統とは、皇室の血を引く人物のことです。

源典侍が登場する紅葉賀巻の後半部分は、

(f)　帝の御年ねびさせたまひぬれど、かうやうの方え過ぐさせたまはず、采女女蔵人《うねべにょくらうど》などをも、かたち心あるをば、ことにもてはやし思しめしたれば、よしある宮仕人多かるころなり。はかなきことをも言ひふれたまふには、もてはなるることもありがたきに、目馴るるにやあらむ、〈げにぞあやしうすいたまはざめる〉と、こころみに戯《たはぶ》れ言を聞こえかかりなどするをりあれど、情なからぬほどにうち答へて、まことには乱れたまはぬを、〈まめやかにさうざうし〉と思ひきこゆる人もあり。　（1―四〇七）

という場面から始まります。桐壺帝は、「かうやうの方」つまり「色好み」の面では、老齢になっても、采女・女蔵人といった下級の女官にまで、容貌や才気のある女なら、好色の網を張りめぐらしていると書き出しています。それに対して、光源氏はそうしたことに目馴れているためか、浮気めいたことを避けていて、かえって、〈まめやかにさうざうし〉つまり「真面目で物足りない」と思う女房たちもいたと言うのです。この帝の〈色好み〉と光源氏の〈まめ〉という対照を前提にして、

(g) 年いたう老いたる典侍、人もやむごとなく心ばせありて、あてにおぼえ高くはありながら、いみじうあだめいたる心ざまにて、そなたには重からぬあるを、〈かうさだ過ぐるまでなどさしも乱るらむ〉といぶかしくおぼえたまひければ、戯れ言ひふれてこころみたまふに、似げなくも思はざりける。〈あさまし〉と思しながら、さすがにかかるもをかしうて、ものなどのたまひてけれど、人の漏り聞かんも、古めかしきほどなれば、つれなくもてなしたまへるを、女は〈いとつらし〉と思へり。 (1)―四〇七〜八)

という源典侍の紹介がなされます。彼女は高貴で魅力的な女性なのですが、「あだめいたる心」つまり好色性にあまりにも過剰なのです。とするならば、前の場面の記事から、桐壺帝と性的関係があったことは確実です。彼女は、帝の〈召人〉の一人であったと言ってよいでしょう。召人というのは、男性貴人と私的な性的関係のある、使用人でもあり、愛人でもある女性です。老齢であると記されていますから、桐壺帝の性の手解きをしたのが彼女だったのではないでしょうか。桐壺帝の色好みは、この源典侍によって誘発されたのです。

光源氏は、好奇心から彼女に興味を持ち、冗談を言います。しかし、深層から言えば、これは明らかに、光源氏が父の欲望を模倣・代行しているのです。光源氏は、無意識的に、父帝に替わ

りたいという欲望を抱いているのです。光源氏は、既に「帚木三帖の方法―〈時間の循環〉あるいは藤壺事件と帚木三帖―」（『物語文学の方法Ⅱ』所収）などの諸論文で分析したので再言しませんが、光源氏は、藤壺や空蟬など、父桐壺帝の欲望を模倣して、禁忌《タブー》化されている女性と関係していました。源典侍もそうした女性の一人なのです。

老齢であるにもかかわらず、なぜ彼女はあんなにもふしだらなのだろうという疑問と好奇心から、光源氏は冗談で源典侍に声を掛けたと記されているのですが、それは表層であって、前後の文脈を読むと、光源氏は父帝の欲望の模倣を試みたいという、無意識的な欲求が深層に横たわっているのです。彼のそうした潜在的で隠蔽されている欲望を読み取る必要があるのです。

それ故、光源氏は、源典侍と御湯殿の間で戯れ合い、贈答歌を詠み合い、隣の部屋から覗いた天皇に、

(h)「〈すき心なし〉と、常にもてなやめるを、さはいへど、すぐさざりけり」

とその行為を笑われるのであって、紅葉賀巻の後半では、遂に温明殿で老女源典侍と性的関係を結ぶまでに至るのです。桐壺帝は、微笑みを浮かべながら、彼の隠された欲望に理解を示したのです。しかし、源典侍は小型の藤壺なのですから、光源氏に彼女との関係を認可するという発言はすべきでないのです。この発話が、背後に藤壺事件までを許してしまう不用意な発言になっていることを読み取っておくべきでしょう。帝のこの発言は、自分の妻妾に光源氏が手を出してよいという、寛容性のある認可になっているのです。

なお、温明殿という建物は、賢所とも言われ、皇祖である天照神の影を映した神聖な鏡の模造品が置かれている神殿で、同時に、それに奉仕する内侍所が置かれていた場所です。源典侍のところに「修理大夫《すりのかみ》」が通っていたらしいので、当時は賢所での性的関係は必ずしも禁忌《タブー》化されていたわけではなさそうですが、しかし、源氏物語の文脈で読むと、帝の召人であった源典侍と関係することと並んで、ささやかですが、王権＝天皇制の禁忌《タブー》を犯していると言えるでしょう。このようにして、光源氏と源典侍との性交渉は、表層では「をこ」で滑稽な色彩を帯びているのですが、深層では藤壺事件と通底する、源氏物語第一部の主題を反復し、擬《もど》いているのです。

さらに、この場面には、頭中将が侵入してくるという、ドタバタ喜劇にまで進行するのですが、この講演は源典侍物語を分析することが目標ではないので、最初に述べた桐壺巻の語り手論に回帰すると、この巻の語り手が源典侍だとするならば、桐壺巻の読みが従来の解読と異なってきます。例えば、桐壺巻には、

(i) 御局は桐壺なり。あまたの御方々を過ぎさせたまひて、隙《ひま》なき御前渡りに、人の御心を尽くしたまふも、〈げにことわり〉と見えたり。(1―九六)

という語り手の感想が記されています。昼間、天皇が桐壺更衣の所に頻繁に通うのに対して、「前渡り」をされた女御たちの恨みに、この語り手は、天皇付きの女房でありながら、同情しているのです。紅葉賀巻で、(g)の引用文中で「人もやむごとなく心ばせありて、あてにおぼえ高くはあり」と記述されている人物らしい反応を示しているのです。「おぼえ」つまり宮中での信望がある

のは、このように源典侍が客観的に状況を俯瞰できる人物であるからです。同様な記事は、桐壺巻にさまざまに鏤められているのですが、もう一例だけ挙げておきましょう。桐壺更衣が亡くなった後の場面に、こんな記述が載せられています。

(j) 風の音《おと》、虫の音《ね》につけて、もののみ悲しう思さるるに、弘徽殿には、久しく上の御局にも参《ま》う上りたまはず、月のおもしろきに、夜更くるまで遊びをぞしたまふなる。〈いとすさまじう、ものし〉と聞こしめす。このごろの御気色《みけしき》を見たてまつる上人女房などは、〈かたはらいたし〉と聞きけり。いとおし立ちかどかどしきところものしたまふ御方にて、ことにもあらず思し消ちて、もてなしたまふなるべし。（(1)―一一一～一二）

引用文末の傍線を付けた「べし」は語り手の推量で、それも強い確信から推量したものです。この推量表現から、明瞭にこの語り手が、弘徽殿女御方ではなく、天皇付の女房であることが解ります。また、傍線を付けた「なる」も伝聞推定の助動詞で、この推量も天皇方からなされています。しかも、上人＝殿上人に敬語を使用しなくてもよい人物が語り手で、かつ、彼らの判断を客観的に捉えています。こうした視座は理性的で知的な語り手であることを示唆し、紅葉賀巻の源典侍の紹介から色好み性をのぞいた部分と見事に照応していると言ってよいでしょう。

ところで、先に引用した(e)の場面には、「〈慰むや〉と、さるべき人々参らせたまへど」という文章が記されていました。帝に藤壺のことを伝えた「典侍」は、長い期間、彼女のことを伝えていなかったのです。年立の上では藤壺は十六歳で入内していますから、それ以前に伝えたのでしょうが、他の幾人もの后妃が入内した後にようやく藤壺の情報を帝に報せているのです。あまりにも帝が哀れなため、ようやく伝えたという典侍の心理が読み取れます。これは、桐壺帝の召人であった源典侍の姿と重なっています。

ここで、これまでの結論をまとめておきましょう。一つは、源氏物語桐壺巻の語り手は、意外にも源典侍という人物であったということです。もう一つは、源氏物語の各巻や場面の語り手は、物語に登場する端役・脇役として描かれている可能性があるということです。この問題を、宣旨の娘を通じてさらに展開して行きたいのですが、その前に、現在の源氏物語研究が追求している問題を紹介しておく必要があります。

2　言説分析という方法

話題を、これまでの分析から、まったく異なった地平に移して行きます。それは言説区分・分類ということです。まず「言説」という言葉について説明しておきましょう。この言葉は、discourseという英語の翻訳語ですが、文という言語単位より大きい、まとまりをもって展開している文の集合を意味しています。もっとも、山の中で「人」と言う場合のように、文より短い言説もあります。文章と言ってもよいのですが、この言葉は、批評や研究でさまざまな多様な意味性を帯びているので、使用するのを避けています。

ところで、本居宣長以前の源氏物語の注釈書を、つまり北村季吟の『源氏物語湖月抄』までの注釈書を、私は古注と名付けています。源氏物語の注釈史は、藤原伊行の『源氏釈』や藤原定家の『源氏物語奥入』など、十三世紀前後から始まり、永い伝統を築いてきたのですが、その古注に源氏物語の文章を区分・分類する視座が生成してきました。五・六百年前のことですが、古注は、

地の文
会話文
内話文（心中思惟の詞・心内語・内言などとも言う）
草子地

のように、四区分したのです。各注釈書で用語は異なるのですが、ほぼこの四分類が古注で確立したのです。地の文についいては説明の必要がないでしょうが、語り手が再現した言説です。会話文についても、敢えて言及するまでもないでしょうが、登場人物が口頭で発話した言説で、今回の講演の引用文では、「」鉤括弧で区別しています。

内話文については、若干の説明が必要でしょう。これは、登場人物が心の中で考えたり思ったりしている言説です。例えば、「「君の奥さんは美人ですねえ」と言いながら、心の中では〈すごい厚化粧だなあ〉と思っていた。」という文の、前者が会話文で、後者が内話文です。この発表の引用文では、〈〉山形の鉤括弧で区別しておきました。この内話文は、不幸な言説でした。中世

の古注が指摘していたにもかかわらず、近代に至ると無視されたからです。近代では、自然主義や写実主義など日常性を重視する主張が普遍化しました。日常生活では、確かに内話は聞くことができないのですが、それを根拠に、文学の自立性を無視して、抑圧・隠蔽したのです。実際には、近代小説でも、内話文を書き込んでいるのですが、会話文は鉤括弧などで区別しながら、内話文は地の文として扱い、区分することを忌避したのです。私は、そういう潮流に逆らって、引用文では山形の鉤括弧を付け、中世の古注の視点を復活しようとしています。

内話文は、文学とくに物語や小説の批評や研究では、重要な言説です。確かに日常生活では、内話を他者は聞くことができません。〈厚化粧だなあ〉という内話が、友人に聞こえてしまったなら、その人に殴られてしまうでしょう。しかし、源氏物語に多数の内話文が書き込まれているように、文学ではこの言説を書くことができるのです。つまり、文学の独自性・特性が内話文に刻印されているのです。三人称の内話文が書かれていることで、そのテクストが虚構であることを示唆しているのです。

と同時に、この内話文は狂気を宿していることにも、確認しておきましょう。時々、駅や電車の中などで、内話をぶつぶつと述べている人に出会うことがあります。ぼくだけでなく周囲の人々も、その人を避けています。つまり、聞こえる内話は狂気なのです。文学はその狂気を引き受けています。今回の講演では、「文学と狂気」の関係を展開することはできませんが、そうした面からも、小説や物語に書かれている内話文は重要なのだと思っていてください。

なお、欧米の文学理論では、十五年前から〈inner discourse 内言〉の研究が始まりだしていますが、それを源氏物語の中世の注釈書は五・六百年も前に指摘していたのです。これはぼくたちが誇ってもよいことなのです。ところで、会話文と内話文は、引用文を読めば解るように、「と」「とて」「と言ふ」「と思ふ」「と聞く」「と見ゆ」「など」などの言葉で区別することができます。このような表現を付加節と言います。また、会話文と内話文には、それぞれ直接言説（話法）と間接言説（話法）があります。日本語では、区別できない時もあるのですが、なるべく判別していった方が、源氏物語を読む場合には有効です。

最後の草子地というのは、語り手が自己言及的に言説の上に登場する場合を言います。引用文(b)の「『なくてぞ』とは、〈かかるをりにや〉と見えたり」という語り手の言葉が草子地です。十八世紀の英国の小説では語り手の意見を書き込んだものがあり、二十世紀の始めの頃から、英国やロシアでは、語り手の研究が盛んとなってきて、欧米の物語学では、語り手論がさまざまに分析されています。しかし、それを「地」つまり言説として区別する視点はありません。中世の注釈は、これを言説の一つとして扱っているのです。これも誇れるものの一つなのです。

ところで、欧米の言説分析では、地の文（narratized discourse 物語化された言説）・間接言説の会話文・直接言説の会話文・自由直接言説（話法）・自由間接言説（話法）の五つに区分しています。自由直接言説・自由間接言説は従来の研究では、日本語には見当らないというのが常識でした。しかし、一九九二年一月のゼミで源氏物語明石巻の輪読を行なっている際に、学生の質問から、

……ただ目の前に見やらるるは、淡路島なりけり。(2)—二三九)

の傍線部分が自由間接言説であることに気付きました。「なりけり」と判断しているのは、語り手と登場人物の光源氏の両方なのです。このように一つの言説に二つの声が聞こえるような時に自由間接言説と言うのです。図式化すれば、

登場人物（一人称／現在）
↓
読者（二つの声）
↑
語り手（三人称／過去）

と表現できる言説を自由間接言説と言うのです。

家に帰り、源氏物語を読み直すと、この言説を多量に発見できました。さらに、竹取物語の冒頭場面にも記されており、それ故、この言説についての発表と論文を行なってきました。例えば、源氏物語若紫巻の光源氏が尼君と幼い紫上を垣間見する場面を見てみましょう。

(k) 人々は帰したまひて、惟光朝臣とのぞきたまへば、ただこの西面《おもて》にしも、持仏すゑたてまつりて行ふ、尼なりけり。簾すこし上げて、花奉るめり。中の柱に寄りゐて、脇息の上に経を置きて、いとなやましげに読みゐたる尼君、〈ただ人〉と見えず。(1)—二八〇～一)

という文章の内で傍線を付したのが自由間接言説です。自由間接言説は、付加節と敬語を加える

と、

〈尼なりけり〉と見給ふ。

のように、登場人物の内話文になるところに特性があります。

ところで、網かけを施している文は、自由直接言説です。引用文の一行目には、光源氏に敬語が使われているのですが、この文には主格が光源氏であるにもかかわらず、敬語が使用されていないのです。前にも述べたように、古代後期の平安朝は、階級・階層意識が強い社会です。それ故、自尊敬語・最高敬語などもありますが、敬語が不在だと読者は一人称的に読んでしまう傾向があるのです。つまり、

登場人物＝語り手＝読者（一人称／現在）

という図式に表現される言説になるのです。つまり、読者があたかも登場人物（語り手）になったかのごとき錯覚で、この言説を読んでしまうのです。このように登場人物に同化して読む言説が、自由直接言説なのです。この言説も源氏物語に頻繁に出現しています。なお、この言説は敬語不在に特色があるため、原則的に地の文に敬語を使用しない近代の小説には現象しません。自由間接言説になってしまうのです。また、近代の小説では、主格（主語）の無い言説が自由間接言説になります。

さて、以上の区分を纏めますと、古典文学の言説は、(1)地の文(2)直接言説の会話文(3)間接言説の会話文(4)直接言説の内話文(5)間接言説の内話文(6)草子地(7)自由直接言説(8)自由間接言説の八つ

に分類することができます。この言説区分つまり〈語ること〉を利用して、脇役・端役の一人である宣旨の娘を軸にさらに源氏物語を分析して行きましょう。

3　傲慢な語り手としての宣旨の娘

「宣旨の娘」という端役は、澪標・松風・薄雲・野分などの巻々に登場する、故宮内卿の宰相(上達部)と、桐壺帝に仕えていた宣旨との間に出来た子で、上流貴族でありながら明石君が産んだ明石姫君の乳母となった女性です。澪標巻で次のような登場の仕方で、源氏物語の世界に入ってきます。若干長文ですが引用してみましょう。

(1)　さる所にはかばかしき人しもあり難からむを思して、故院にさぶらひし宣旨のむすめ、宮内卿の宰相にて亡くなりにし人の子なりしを、母なども亡《う》せて、かすかなる世に経《へ》けるが、〈はかなきさまにて子産みたり〉と聞こしめしつけたるを、知るたよりありて事のついでにまねびきこえける人召して、さるべきさまにのたまひ契る。まだ若く、何こころもなき人にて、明け暮れ人知れぬあばら家《や》にながむる心細さなれば、深うも思ひたどらず、この御あたりのことをひとへにめでたう思ひきこえて、参るべきよし申させたり。いとあはれにかつは思して、出だし立てたまふ。

もののついでに、いみじう忍び紛れておはしまいたり。さは聞こえながら、〈いかにせまし〉と思ひ乱れけるをいとかたじけなきによろず思ひ慰めて、「ただのたまはせむままに」と聞こゆ。よろしき日なりければ、急がし立てたまひて、「あやしう思ひやりなきやうなれど、思ふさまことなる事にてなむ。みづからもおぼえぬ住まひにむすぼほれたりし例《ためし》を思ひよそへて、しばし念じたまへ」など、事のありやうくはしう語らひたまふ。上の宮仕時々せしかば、見たまふをりもありしを、〈いたう衰へにけり。家のさまも言ひ知らず荒れまどひて、さすがに大きなる所の、木立などうとましげに、いかで過ぐしつらむ〉と見ゆ。人のさま若やかにをかしければ、御覧じ放たれず。とかく戯《たはぶ》れたまひて、「取り返しつべき心地こそすれ。いかに」とのたまふにつけても、〈げに、同じうは御身近うも仕うまつり馴ればうき身も慰みなまし〉と見たてまつる。

「かねてより隔てぬなかとならはねど別れはをしきものにぞありける

慕ひやしなまし」とのたまへば、うち笑ひて、

うちつけの別れを惜しむかごとにて思はむ方に慕ひやはせぬ

馴れて聞こゆるを、〈いたし〉と思す。(2)―二七七~八)

引用文中に、「見たまふをりもありしを」とあり、過去に二人は性的関係にあり、またこの場面で「戯《たはぶ》れたまひて」と記されており、さらに贈答歌からも、宣旨の娘は光源氏の召人だったのです。男に騙されて子供を産んだ、零落した姫君が、彼女なのです。光源氏は、上達部の娘を、乳母として明石に派遣したのです。澪標巻には、冷泉帝が即位し、明石君が出産したことを聞いた折り

には、

(j) 宿曜に「御子三人、帝、后必ず並びて生まれたまふべし。中の劣りは、太政大臣にて位を極むべし」と勘《かむが》へ申したりしこと、さしてかなふめり(2)―二七五)。

とあり、この予言を信じて、明石姫君の入内と立后を光源氏は望んで、乳母を上達部の娘から選び、丁度出産した宣旨の娘に白羽の矢をたてたのです。

ところで、この講演は実は、宣旨の娘論を展開することを目標としているわけではありません。〈語ること〉にいかに端役・脇役が関与しているかを分析することなのです。そのために、核心的な問題に直截的に入り込んで行きましょう。

そのために、源氏物語における人物論的研究の出発点となっている、阿部秋生氏の大著『源氏物語研究序説』を取り上げましょう。阿部秋生氏は、従来の研究方法を総合化したと称する、その膨大な著作の中で、後半部分を費やして、その総括的な方法の具体的な適応として、明石君論を展開しています。そこでは、薄雲巻で、三歳の乳飲み子であった明石姫君を、二条院に引取り、紫上の養女にした後に、光源氏が、大堰にある明石君の閑居を訪れた際の場面の、

(k) ……いとまほには乱れたまはねど、またいとけざやかにはしたなく、おしなべてのさまにはもてなしたまはぬなどこそは、いとおぼえことには見ゆめれ。女も、かかる御心のほどを見知りきこえて、〈過ぎたり〉と思すばかりの事はし出でず、またいたく卑下《ひげ》せずなどして、御心おきてにもて違《たが》ふことなく、いとめやすくぞありける。おぼろけにやむごとなき所にて

だに、かばかりもうちとけたまふことなく、気高《けだか》き御もてなしを聞きおきたれば、〈近きほどにまじらひては、なかなかいとど目馴れて、人侮《あなづ》られなることどももぞあらまし。たまさかにて、かやうにふりはへたまへるこそ、たけき心地すれ〉と思ふべし。（2―四三一〜二）[*1]

という文に対して（ちなみに、阿部秋生氏の引用は「いとめやすくぞありける」までです。分析のため、後半の文も引用しました）、次のように述べています。若干長文になるのですが、引用してみましょう。

(k)の引用文）といふのは、その後の生活における源氏と明石の君との間の基本的な態度――如何にも源氏の好みと期待にはまりきつたこの人の暮しぶりをいひあらはしたものになつてゐる。

　姫君を手離したことは、堪へがたい苦痛ではあつたのだが、一度、そこを歯をくひしばつて通りぬけた後は、「身のほど」を超えることさへしなければ、前司の娘としては破格に扱はれもするし、独占はできないにしても、源氏の心を身近かに手繰りよせてもおけるし、また手離してはあつても、姫君の実母といふ、他のやむごとなき御方々さへも有つてゐない、いはば切札的な有利な条件さへ握つてゐるのであるから、そこに誇り乃至は満足をさへ感じてゐられたのでもあろう。――分不相応な動きさへしなければ、源氏の内大臣の権勢の中で、明石一門の多年の夢であつた光栄の日の来ることを見通すこともできさうになつて来てゐた。明石の君としては、姫君を手離すことによつて、淋しくはあつたが、ある意味で一応の安定した境涯になつてゐたやうである。

今日のわれわれの目からみると、いはばわが子を代償にして手に入れたに等しい地位に安住してゐることは、奇異なことのやうに思はれるのだが、姫君を手ばなした後の彼女が、いつも悲痛な心境でゐたと考へる必要はない。源氏に強ひられたとか、あるひは明石の君自身が特に卑屈になつてゐたわけでもない。彼女は、彼女の「身のほど」を踏まへた上で、精一ぱいに源氏の妻、姫君の実母として誇り高く暮してゐたのであつた。播磨前司の娘として最も賢明に、最も現実的に身を処してゆくある種の逞しさを身につけてゐたといへるだろう。

（八〇七頁）

明石君論において「身の程」という言葉は鍵語《キーワード》ではあるものの、阿部秋生氏の論文はあまりにもこの言葉に呪縛・拘束されています。と同時に、阿部秋生氏は、この場面を、後の分析が示しているように、まったく解読・分析できていないのです。

引用しなかったのですが、この場面は、「かしこには」という言葉で始まります。遠くからの眼差しで大堰の山荘を捉えている語り手がいるのです。そうした場面を取巻く枠の実存を前提に、引用した三つの文章を読むと、傍線を付した「いとめやすくぞありける」は自由間接言説です。この文では、登場人物光源氏（一人称／現在）と語り手（三人称／過去）の、二つの声・二つの視線が、ポリフォニー的に響いているのです。それ故、光源氏の立場から見ると、文末の助動詞「けり」は、〈気付き／発見〉の意で、語り手の視点からは、過去の出来事を三人称的に叙述する

〈語り〉の意味となります。とにかく、この文は、明石君の視点では、描かれていないのであって、地の文ですらないのです。文頭の「女」は光源氏が捉えた明石君であり、光源氏の判断が、語り手の視点と寄り添いながら、この文では叙述されているのです。

さらに、この文の、傍線を付した前後の文章の文末を見てほしいのですが、「めり」「べし」という推量の助動詞を使用しているのはだれでしょうか。明らかに語り手で、この場面では、二つの文＝草子地には、遠くから眺めている語り手の推測が語られているのです。この場面の前の場面では、大堰に出かけようとする光源氏に対して、紫上が、明石君への嫉妬を込めた贈答歌を光源氏と交わしている場面が掲載されています。つまり、紫上付きの女房たちが、語り手なのです。この語り手を、竹河巻の言葉を用いて「紫のゆかり」と呼ぶことにしますが、彼女たちの推量した草子地の間に、光源氏の声が叙述されている自由間接言説が記述されていたのです。

言説分析を試みると、この場面には明石君はなにも語っていないのであって、語り手の主観的な推量と、光源氏の視点のみが表出されていることになるのです。多分、幼子を略奪された明石君の立場から、この場面を叙述したならば、絶望的な悲哀と、光源氏や紫上への非難や怨念・遺恨となり、光源氏を主人公とした物語を紡織することができなくなるために、それを忌避して、このような叙述となったのでしょうが、阿部秋生氏は、この明石君の心情の不在を、この場面から読むことができていないのです。明石君は、沈黙しています。それだからこそ、赤子を恋人の栄華のために奪われた彼女の愁傷は、表出を拒否するほど深いのです。その沈鬱を浮かび上げることができずに、阿部秋生氏は、饒舌に「身のほど」を弁《わきま》えた明石君論として展開しています。こうした論を展開したのは、一九五九年当時の歴史的・社会的・文化的な背景や状況があったからなのでしょうが、〈語ること〉を無視して、〈示すこと〉のみを読解したために、こうした今から見ると喫驚してしまう誤読が展開されてきたのです。

第三番目の文章を見てほしいのですが、長文の内話文は、明石君の心中思惟ではなく、『湖月抄』の「師説」が、「心たけく身に面目あるやうに思ふべしと草子地なり」と述べているように、「紫のゆかり」からの判断した明石君の内話文なのです。「思ふべし」とは、子供を奪われた母親に対して、極めて残酷な物言いです。明石姫君を養女にし、授乳のまねをして歓喜している紫上を見ているため、乳飲み子を奪われた実母の悲嘆を配慮できずに、忘却しているのでしょうが、こう読むことで、「紫のゆかり」という語り手までを相対化することができる機構を、この文は含んでいることに気付くのです。沈黙している明石君に対して、「紫のゆかり」は、勝手な推測があまりにも饒舌であるため、その傲慢さが逆に照らし出されてしまうのです。なお、阿部秋生氏が、この文を引用していないのは、この文章が草子地であり、この文の装置に少しでしょうが気付いていたためかもしれません。

ところで、講演の標的は薄雲巻の分析ではないのですが、もう少し、この巻に拘っておくと、松風巻と薄雲巻の前半部分には、明石君の体験を傍らで見聞していた第一次の語り手が実体的に実在していました。今分析の対象としている「宣旨の娘」といわれている女性です。既に述べたように、光源氏の召人でもあった人物です。澪標巻でもそうですが、松風巻でも、光源氏から派遣された間諜《スパイ》であるかのごとく、彼女は第一次語り手として、明石君の動向を「紫のゆかり」たちに伝えているのです。例えば、松風巻には、

※とうちながめて立ちたまふ（光源氏の）姿にほひ、〈世に知らず〉とのみ思ひきこゆ（⑵―四〇三）。

※（光源氏と明石君の贈答歌）と聞こえかはしたるも、似げなからぬこそは、身に余りたるありさまなめれ（⑵―四〇四）。

※（光源氏が明石姫君を）抱《いだ》きておはするさま、見るかひありて、〈宿世こよなし〉と見えたり（⑵―四〇五）。

などといった文章が記されています。これらの言説で傍線を付した「思ひきこゆ」「なンめれ」「見えたり」の表現主体はだれでしょうか。現場にいた、山荘にいる明石君付きの女房で、しかも、「紫のゆかり」とも関係ある人物でなければなりません。とすれば、乳母宣旨の娘以外には考えられないのです。しかも、「似げなからぬこそは」と明石君に好意を抱いている人物であると共に、「身にあまりたるありさま」と批評できるのは、彼女を除いてだれもいないのです。

薄雲巻でも同様で、明石姫君を二条院に迎えた後、袴着の儀式の場面は、

⑴ 御袴着は、〈何ばかりわざ〉と思しいそぐ事はなけれど、けしきことなり。御しつらひ、雛《ひひな》遊びの心地してをかしう見ゆ。参りたまへる客人《まらうど》ども、ただ明け暮れのけぢめしなければ、

あながちに目もたたざりけり。ただ、姫君の襷《たすき》ひき結《ゆ》ひたまへる胸つきぞ、うつくしげさ添ひて見えたまひつる（⑵―四二六）。

と記されているのですが、傍線を付した「見ゆ」「げさ……見えたまひつる」の現場にいた主体も、彼女で、「けしきことなり」と「目もたたざりけり」は、乳母と語り手の、二つの声による自由間接言説なのです。二条院に移っても、乳母宣旨の女は一次的な語り手なのです。⒦で引用した場面で、明石君の心中や思惟が遠くからの眼差しで描かれているのも、大堰の山荘に乳母のような一次的語り手が不在であるという理由もあるのであって、そうした側面も留意しておく必要があるでしょう。〈語ること〉を無視して〈示すこと〉のみに拘る批評と研究は、このように言説分析を武器とする物語学によって、否定されつつあると言えるのです。

源氏物語では端役・脇役は重要です。彼らは時には語り手になる場合があるからです。その場合に注目すべきは、語り手に個性的な性格が付けられます。登場人物と同様に、作家紫式部は語り手とも対話しているのです。宣旨の娘は、上達部の娘であるため、明石君を蔑む時があり、それが⒦のような引用文に表出されるのです。こうした実体化されている語り手が、源氏物語の端役・脇役として活躍することがあるという点に注目して、もう一度このテクストを克明に分析していく必要がありそうです。

薫の恋

井野葉子

はじめに

薫はなぜ宇治の姫君（本稿では大君と中君を中心に論ずる）に恋をしたのか。父のように慕わしい「法の友」八宮の娘だから。血筋が良く、知性と教養にあふれる女性だから。精神美の魅力をそなえているから。……様々に考えられる美しき理由を否定する気は毛頭ない。しかし、宇治の姫君への恋の動機には、きれいごとでは済まされない、不純な、計算高い、姑息な一面がある事を私は嗅ぎ取ってしまう。母女三宮、明石中宮、今上女一宮、冷泉院女一宮、玉鬘大君などの都の高貴な女性達への憧れを持ちながら、世間の非難を恐れる薫は、柏木のようにはなるまいと禁忌の恋を断念、その身代わりとして、安全に簡単に手に入りそうな宇治の姫君を欲望の標的にしたのではないか。薫の精神的な弱さが、欲望の対象を、社会的、経済的な弱者に向けさせたのではないか。零落した八宮家の姫が相手なら、薫は優位な立場に立つことができるし、世間の非難も受けまい。確実に保身を図りながら、宇治の姫君を通して、手の届かない都の高貴な女性達の面影を求めようとする薫の恋のあり方を考えてみたい。

1　語り合いたい

八宮の一周忌近く、薫と大君が仮初に添い臥す一夜が明けた朝、障子を押し開けて夜明けの空を二人で眺めている場面で、薫は次のように言っている。

「何とはなくて、ただかやうに月をも花をも同じ心にもてあそび、はかなき世のありさまを聞こえ合はせてなむ過ぐさまほしき」（総角七―二四～二五）[*1]

吉岡曠[*2]の言う通り、薫の「生の動機」――男女としてではなく、「はらから」のように語り合いたいという願望――が過不足なく実現された一夜であったと思う。この一夜の場面の直前、薫は弁に向かって大君への求婚の意志を語っている。

「ただかやうにもの隔てて、こと残いたるさまならず、さし向ひて、とにかくに定めなき世の物語を、隔てなく聞こえて、つつみたまふ御心の隈残らずもてなしたまはむなむ、[①]はらからなどのさやうにむつましきほどなるもなくて、いとさうざうしくなむ、世の中の思ふことの、あはれにも、をかしくも、愁はしくも、時につけたるありさまを、心に籠めてのみ過ぐる身なれば、さすがにたつきなくおぼゆるに、うとかるまじく頼みきこゆる。②后の宮はた、なれなれしく、さやうにそこはかとなき思ひのままなるくだくだしさを、聞こえ触るべきにもあらず。③三条の宮は、親と思ひきこゆべきにもあらぬ御若々しさなれど、限りあれば、たやすく馴れきこえさせずかし。④そのほかの女は、すべていとうとくつつましく恐ろしくおぼえて、心からよるべなく心細きなり。……」（総角七一一七〜一八）

「もの隔てて」というのは薫の真意ではない。他人に向かっての発言内容は本心とは違う場合がしばしばある。しかし、それ以外の薫の訴えは、薫の本心に限りなく近いと思う。無常の世の中の物語を隔てなく語り合いたい、これこそが薫の願いなのである。傍線①のように語り合える「はらから」がいなくて、傍線②③④のように明石中宮、母女三宮、その他の女性と語り合えないことが寂しく心細いから、語り合いの相手として大君を求めるのだと言う。ここに薫の恋のあり方がほの見えて来る。以下、明石中宮、母女三宮、その他の女性と薫との関係を確認し、それらの都の女性達との不毛な関係が、薫を宇治の姫君への恋に駆り立てていく構造を考えていきたい。

2　明石中宮との関係

傍線①で薫は睦まじい「はらから」不在の淋しさを訴えているが、実際、薫と「はらから」との関係はどうだったのか。表向きは光源氏の息子である薫にとっての「はらから」は夕霧と明石中宮だ。しかし、光源氏の実子ではないという引け目が、薫の心を閉ざし、薫を自由闊達にさせない。いつ出生の秘密が漏れるか、びくびくしている薫は、世間の非難を受けないよう、そつなく振舞うよう、ぴりりと神経を尖らせている。光源氏晩年の子として、すべての人々に好意的に受け入れてもらえるように万全を期さなければならない。そんな薫が最も気を遣うべき兄弟に対して心を開くという事はあり得ない。夕霧は格式ばった気の張る煙たい存在だ。明石中宮は薫にとって「女はらから」であるが、光源氏の一人娘で今上帝の中宮、しかも多くの宮達を産んで社会的地位を不動のものとした明石中宮は、輝くばかりに眩しく、手の届かない存在だ。傍線②のように、心を許してうちとけて語り合うなど到底できない。

匂宮には、紫上のもとで共に育った「女はらから」今上女一宮がいる。薫が「はらからのようになりたい」と大君を口説く物語展開の一方で、匂宮が女一宮と近親相関の危険性をも孕みながら仲睦まじく戯れる場面がある。[*3] この匂宮の「女はらから」との睦みの場面は、薫の「女はらから」不在の状況を際立たせる。薫は憧れの女一宮を姉として持つ匂宮が羨ましいに違いない。しかし、匂宮と女一宮のような睦まじい関係を、薫は明石中宮との間に築き上げるべくもない。

3　母女三宮との関係

では薫と母との関係はどうか。[*4] 薫の言葉傍線③によれば、母は親という限度があるからたやすく馴れ馴れしくできないと言う。母女三宮は朱雀院の溺愛した二品内親王で、準太上天皇光源氏の正妻、朱雀院の言い付けにより今上帝からも特別に配慮を賜っている高貴な存在である。薫は朝夕離れずに母の世話をする。年の割に若々しい母はかえって、息子を親のように頼り切っている。

宮もかく盛りの御容貌をやつしたまひて、何ばかりの御道心にてか、にはかにおもむきたまひけむ、かく思はずなりけることの乱れに、かならず憂しとおぼしなるふしありけむ、……われ、この御道をたすけて、同じうは後の世をだに、と思ふ。（匂兵部卿六―一六七～一六八）

女三宮は生まれたばかりの息子薫を捨てて仏門に入った。薫は若い母の尼姿に密通の過去を嗅ぎ付け、来世母が極楽往生できるように母の仏道修行を助けようと思う。前原奈生子[*5]の言うように、出家という形で母に捨てられた薫は、母に愛されたいがために、献身的な世話と仏道心によって母に近づこうとしているのだ。しかし、薫の思いと母の思いとはどこかすれ違ってしまう。母を助けるための出家願望は薫の独り善がりでしかなく、母の望みは薫の俗世での栄達である。女二宮の降嫁が決定した時、「いとうれしきことにおぼしたり。」（宿木七―二四六）と母は息子の栄達を素直に喜ぶ。帝主催の藤の花の宴では朱雀院から伝わった楽器類を提供し、女二宮のために寝殿を空けようとまで申し出る母は、薫の栄華を支えるのに協力を惜しまない。大君を失った悲しみから仏道に明け暮れる薫を見て、母は出家しないでほしいと懇願もする。その言葉に恐縮していたわしく思った薫は、「かたじけなくいとほしくて、よろづを思ひ消ちつつ、御前にてはもの思ひなきさまをつくりたまふ。」（宿木七―一七六）と、母の前では自分を偽り、悩み事のない振りをする。母の存在が薫を現世の栄華の世界に引き留め、また、母の社会的地位や財産が薫の栄華を支えている。母も薫の世話の御蔭で体面を保って暮らすことができる。母と薫は、互いに互いの存在が自分の社会的立場を安定させるのに役立っている。

そのように世俗的、日常的な意味で協力体制をとる母と息子であるが、精神的な深い関わり合いや心を開いた対話は全くない。薫は本心をひた隠しに隠し、悩みのない振りをするばかりだ。橋姫巻末、弁から手渡された亡き実父柏木の手紙を見て衝撃を受けた薫が、母との対話を求めて母の所へ行くが、結局何も問いただせないでいる場面がある。

かかること世にまたあらむやと、心ひとつにいとどもの思はしさ添ひて、内裏へ参らむとおぼしつるも、出で立たれず。宮の御前に参りたまへれば、いと何心もなく、若やかなるさましたまひて、経読みたまふを、はぢらひもて隠したまへり。何かは知りにけりとも知られたてまつらむ、など、心に籠めて、よろづに思ひゐたまへり。（橋姫六―二〇〇～二〇一）

ここでも、溢れ出る憂愁の思いをさらけ出せずに、心ひとつに納めて何事もなかったかのように優等生を演じる薫がいる。秘密を知った事を語れば母が傷つくから。真相を暴き出した自分自身も傷つくから。薫は朝な夕な母のそばに居て平穏無事な関係を装いながら、最も肝心な自己の存在に関わる事は一切語らない。母を慕っているようでいて、実は母との対話を薫自らが拒絶している。母も薫も本当の語り合いを避けている。

4　都の高貴な女性との関係

薫の言葉傍線④の「そのほかの女」というのは、都の高貴な女性のことであろう。「いとうとくつつましく恐ろしくおぼえて」という嫌悪感は恐怖に近い。光源氏の実子ではないという引け目、出生の秘密が漏れる恐怖におののく薫にとって、何不足ない社会的地位のある女性は怖かったのだろう。宇治の姫君と出会う前、薫は都の高貴な姫君に恋心を抱いたことがあった。匂兵部卿巻、冷泉院が生涯独身を通させる心積もりでいる冷泉院女一宮に対して、薫は匂宮と同じく恋をした。匂宮が積極的に恋をしかけていくのに対して、薫は恋心を我が手の内で握り潰した。「人のゆるしなからむことなどは、まして思ひ寄るべくもあらず。」、「もし心よりほかの心もつかば、われも人もいとあしかるべきこと、と思ひ知りて、もの馴れ寄ることもなかりけり。」（匂兵部卿六─一七三～一七四）とあるように、人の許しのない恋によって自分と相手が不幸になることを危惧して諦めたのである。

竹河巻、薫と蔵人少将は同じ玉鬘大君に恋をした。玉鬘大君は母親玉鬘の意向で冷泉院へ参院することが決まった。かなわぬ恋に身悶えする蔵人少将の姿を見て、薫は「苦しげや、人のゆるさぬこと思ひはじめむは、罪深かるべきわざかな」（竹河六─二一〇）と我が恋心を自制した。この時の蔵人少将の恋する姿が柏木そっくりであることから、薫が蔵人少将を通して父柏木の姿を見て、父のようにはなるまいと自制した、という読みをすることができる。[*6] 人の許しのない恋をして身を滅ぼした父、不本意に不義の子を出産して若い身空で出家を余儀なくされた母、この両親の不幸な恋の顚末が薫の心の上に重くのしかかっている。父母のようにはなるまい、薫は断固として決意する。

そんな薫が絶えることなく恋心を燃やし続けているのは、光り輝く憧れの存在今上女一宮である。薫の今上女一宮への思慕は、その母明石中宮への限りない憧れから発している。総角巻、大君との関係が進行している最中、薫は明石中宮に対面し、若く美しい気配に魅せられ、その娘今上女一宮も似ているのだろうと想像をめぐらして恋い焦がれている。

あまた宮たちのかくおとなび整ひたまへど、大宮は、いよいよ若くをかしきけはひなむまさりたまひける。女一の宮も、かくぞおはしますべかめる、いかならむをりに、かばかりにてもの近く、御声をだに聞きたてまつらむ、とあはれにおぼゆ。（総角七—六二一〜六二二）

薫の想像の中で、明石中宮と今上女一宮の魅力が重なり合っている。宿木巻、薫は女御腹の今上女二宮を戴く栄誉に浴するが、「后腹におはせばしも」（宿木七—一五七）と、不遜にも中宮腹の今上女一宮を欲しがっている。「后腹」という表現からわかるように、薫は明石中宮腹という事にこだわっている。明石中宮腹への憧れは、明石中宮の息子匂宮への憧れにも繫がる。蜻蛉巻、今上女一宮の姿を垣間見て魅せられてしまった直後、薫は匂宮の美しさにも魅せられて、今上女一宮と似ていると思って恋しがる場面がある。

女の御みなりのめでたかりしにも劣らず、白くきよらにて、なほありしよりは面痩せたまへる、いと見るかひあり。おぼえたまへりと見るにも、まづ恋しきを、いとあるまじきこと、としづむるぞ、ただなりしよりは苦しき。（蜻蛉八―一五〇）

薫の心の中で、匂宮と今上女一宮の美しさが重なり合っている。明石中宮と女一宮と匂宮とが渾然一体となって、薫の憧れの対象として君臨している。

このような明石一族への憧れは、女二宮降嫁に連動して薫の臣下ゆえの限界があらわにされた事と無関係ではない。[*7] 今上帝の皇女が臣下の薫に降嫁するなんてもったいないこと。帝主催の藤の花の宴でいくら婿としてもてはやされようとも薫は下座に着かざるを得ないこと。——物語は臣下である薫の限界を容赦なく語る。薫は匂宮と並び称される程の世評の高さを誇り、自分自身でもそれを内心得意に思っていたが、こうして具体的に今上帝の皇女の婿と決定されるや、皇族より劣る臣下の分際を目の前に突き付けられてしまう。

臣下である薫にとって、埋められない溝をもって彼方に燦然と光り輝くのは明石一族だ。蜻蛉巻、薫は明石中宮方の女房が匂宮に靡くのを悔しがり、「この御ゆかりには、ねたく心憂くのみあるかな」（蜻蛉八―一六五）と、明石一族にいつもしてやられる悔しさと劣等感を噛み締め、「わが母宮も劣りたまふべき人かは、后腹と聞こゆるばかりの隔てこそあれ、帝々のおぼしかしづきたるさま、異事ならざりけるを」（蜻蛉八―一六七）と、我が母だって高貴な皇女なのだと虚勢を張って見せる。しかし、いくら虚勢を張っても所詮薫の母女三宮と正妻女二宮は女御腹、対する匂宮や女一宮は中宮腹、薫の持ち駒の皇女はやはり一段下がるのであった。さらに明石中宮と女一宮と匂宮は光源氏の血筋、対する薫の母や正妻は光源氏の血筋ではない。光源氏の子ではなく、一段劣った藤原氏の柏木の子である薫にとっては、光源氏の血筋への羨望と劣等意識は殊の外深い。[*8]さらに明石中宮と女一宮と匂宮の三人は紫上に愛育された特別な存在だ。「なほこの御あたりは、いとことなりけるこそあやしけれ、明石の浦は心にくかりける所かな」（蜻蛉八―一六七）と、明石一族への強い憧れと劣等意識になずむ薫である。

だから、薫は今上女一宮への恋を自制する。天皇家の神聖な存在である女一宮[*9]に恋をしているなどという風評が立とうものなら、薫は天皇家を犯す不穏な存在として社会から後ろ指を指されることになるだろうから。「いとあるまじきこと、としづむるぞ、ただなりしよりは苦しき。」（蜻蛉八―一五〇）、「さやうなるつゆばかりのけしきにても漏りたらば、いとわづらはしげなる世なれば、はかなきことをも、えほのめかし出づまじ。」（蜻蛉八―一五六）とあるように、薫は恋を鎮めようと苦しみ、世間の聞こえを気にして恋心をおくびにも出すまいと決意する。薫は自分と相手を傷つけるのが怖いのだ。とりわけ自分が傷つくのが怖いのだ。父柏木のように恋に殉じて身を滅ぼすなんて愚かなことは真っ平御免。傷つかずに自分の地位を安泰たらしめるためには、憧れの女性は憧れの存在として、近づくことなく、遠くから見ていること。そして、その代わりに安全に簡単に手に入る女で代用させること。その身代わりこそが宇治の姫君ではないのか。

5　社会的、経済的弱者、宇治の姫

都の高貴な女性とは語り合えない薫が、宇治の姫君となら語り合えると言う。なぜ宇治の姫ならばよいのか。それは宇治の姫君が没落貴族で社会的、経済的な弱者だからだ。

気弱な薫は自分より社会的に強い存在に体当たりでぶつかって行けない。都の女性の前では劣等感にさいなまれて対等に渡り合えない。しかし、零落して社会的にも経済的にも圧倒的に弱い立場にある宇治の姫ならば、薫は劣等感を持たないですむどころか優越感を持ちながら気楽に接することができる。優位な立場に立って相手を自分の思い通りにすることができる。薫が自分より弱い立場の女性となら気楽に付き合えるのは、数多くの召人との関係にも表われている。薫の精神的な弱さが、欲望の標的を社会的弱者に向けさせるのだ。だからといって社会的弱者であれば誰でもいいという訳ではない。血筋が卑しく、教養のない女では薫の相手は勤まらない。その点、宇治の八宮家の姫君は血筋も教養も申し分ない。高貴な血筋と教養という好条件を備えつつ、なおかつ弱者であるという点が、薫にとってはおあつらえむきなのだ。

しかも、宇治の姫君との恋には「人の許し」がある。「人」とは、女性の親、ひいては世間の人々であろう。都の高貴な姫君達への恋を断念したのは、人の許しがなかったからだ。それに対して宇治の姫君の場合は父八宮の許しがある。また、たとえ八宮の許しがなくても、薫が二人の姉妹を領じた所で誰も非難するまい。宇治の姫を見下した薫の態度は、「領じたるここち」（椎本六―三一八）、「いづれもわがものにて見たてまつらむに、とがむべき人もなしかし」（総角七―八五）など、言葉の端々に窺われる。これが都の権勢家の娘であればそうはいくまい。親がしゃしゃり出てこようし、世間も干渉してこよう。立身出世に邁進することを舅から半ば強制され、出家願望などゆゆしき事と即座に阻止されもするだろう。しかし、零落した八宮家に発言力はない。煮て食おうと焼いて食おうと薫の勝手。つまり、薫の立場を何ほども脅かさない、お気楽で安全な家の娘なのだ。

橋姫巻、初めて宇治の姉妹を垣間見た時、薫は「昔物語」のようだと思った。「昔物語」とは、葎の宿に美しい姫君を発見するという類であろう。薫は頭の中で勝手に物語を作り上げる。宇治の山里で発見した美しい姫君の惨めな境遇を救い出して妻として手厚く処遇して、姫君から感謝されて敬愛の眼差しで見上げられて、おまけに世間からも奇特な人と崇め奉られて、夫婦幸せに暮らしました、とさ。

葎の宿の姫救済の話型は、男の浪漫をかきたて、女の玉の輿願望をも満たす話型である。第一部の光源氏も後見のない女ばかりを救済して妻として処遇し、六条院という愛の王国を作った。救済された女も光源氏の愛と庇護を受けてそれなりに幸せだった。しかし、第二部、物語は、後見のない紫上の結婚の不幸を描いて以来、男にとって都合のいい葎の宿幻想を批判し、相対化してきた。自ら拠って立つ確固とした基盤がなく、男の愛情によってのみ生き、男の処遇によってのみ人生を左右される女は本当は不幸なのだと。第三部の薫の葎の宿幻想も、男の都合の良い欲望の押しつけでしかない。事実、大君や浮舟は死や失踪をもって拒んでいる。薫の幻想は、財産目当ての結婚と違って、一見、損得勘定のない、打算のない純愛のように見えるから始末が悪い。薫は零落した姫を相手に我が美しき純愛幻想に酔いたいのだ。

薫は経済的弱者である宇治の姫君達に物を贈る。[*10] 相手の心に飛び込んで相手の心を鷲掴みにする事のできない薫は、物を贈る事によって外堀を埋めていく。姫君達に対しては、姫君が困っている時期を見計らって必要な物を実に巧妙に贈る。しかも、直接姫君に贈るという失礼を避けて「老人のもとに、人々の料に」(総角七—五九)と表向きは女房達への贈り物としておいて、その下に姫君の衣装を潜ませる程の気の遣いよう。また、宿直人や女房達に物をやって手懐けておくのは、垣間見や手引きなど、姫に近づくための便宜を図ってもらうため。下々の者に対するこまごまとした勝手向きの物については有り合わせのまま無造作に贈るやり方は、相手の心理的負担や薫の心理的、経済的負担を軽くするため。これが権門の姫君相手の贈り物だとそうはいかない。趣向を凝りに凝らした由緒ある高価な贈り物でないと世間の笑い者になってしまう。その点、経済的弱者が相手だといい。感謝してくれる。恩義を感じて丁重に扱ってくれる。世間も奇特な人として賞賛してくれる。施す側の優越感を味わえる。

姫君の側は、肉体関係もない他人の男から過分の物をもらう事に心苦しさを感じながら、それでも必要な時に必要な物をくれるのが助かるので、ついついもらってしまう。そこが薫の狙いなのだ。匂宮の妻となった中君が、下心見え見えの薫と縁が切れないのは、匂宮の妻としての中君の生活が薫の経済的援助によって成り立っているからである。相手が拒めない事をわかっているからこそ後見をする。そして、薫の最終目的は一つ一つ積み重ねた恩義で姫君を縛っていくこと。経済の力で姫を支配すること。女の肉体を要求しない「はらから」のような無償の援助の振りをして、その実、見返りを必ず期待している。あわよくば、相手の心と体を手に入れたい、と。

また、薫の下心が疑われたり、女との関係が悪化した時、経済的後見は恰好の言い訳、逃げ場、謝罪の手段になる。中君の後見をすることのお墨付きを匂宮から得ている薫は、誰から疑われても後見を盾に言い逃れができる。総角巻、匂宮を中君の許に送り込んで大君の心証を著しく害した時、すかさず薫は中君の婚礼の衣装を贈る事で大君の様子を窺い、御機嫌を取る。宿木巻、中君と添い臥した翌朝、後悔した薫は物を贈ることで「僕は後見に徹する安全な男なのだ」と主張し、中君との関係を修復しようとする。精神愛こそが尊いと頭の中で考え、自分に肉欲がある事を認めたくない薫の、自分に対する恰好の言い訳にもなる。自分は世間並みの肉欲目当ての男とは違って、八宮の遺言を忠実に守って後見しているだけなのだ——と自分に言い聞かせ、自己弁護することができる。つまり、後見は、恋心を隠蔽することのできる隠れ簑、肉欲の塊の表面に塗り固めるもっともらしい美しき粉飾、内外に対して正当性を誇示できる錦の御旗なのだ。

後見をする事で人間関係を作り、自分を正当化していこうとする薫のやり方は、相手が後見のない女だからこそ成り立つ。都の権門の姫君で確固たる後見が控えている女であれば薫の出る幕はない。「後見のない女」というのは薫の恋の対象となる必須条件なのである。その証拠に、蜻蛉巻、生前の故式部卿宮が薫を婿に望んだ時には薫は何の興味も示さずにいたのに、式部卿宮の死後、娘の宮の君が後見のない境遇になって宮仕えに身を落とした途端、欲望の触手を動かすことになるではないか。

このように、薫は宇治の姫君が社会的、経済的に弱者であるからこそ、安全な都合のいい恋の対象として選び取っている。薫は確実に保身を念頭に置いて恋をしている。

6　宇治の姫に都の女性の面影を求めて

都の高貴な女性達の代わりとして宇治の姫君を恋の対象に選んだ薫は、宇治の姫君の中に都の女性達の面影を求めて見ようとする。以下、宇治の姫君達の中に都の女性の面影を主観的に見る事で満足し、欲望を募らせる薫の様子を探ってみたい。

竹河巻、玉鬘と対面した薫が、玉鬘の若くおおらかな気配に魅力を感じ、その娘玉鬘大君も玉鬘に似ているのだろうと推測し、さらに宇治の姫君が心にとまるのはこのような気配が魅力的だからだと思う場面がある。

……うち笑ひておはする、人の親にて、はかばかしがりたまへるほどよりは、いと若やかにおほどいたるここちす。御息所も、かやうにぞおはすべかめる、宇治の姫君の心とまりておぼゆるも、かうざまなるけはひのをかしきぞかし、と思ひゐたまへり。（竹河六―二四八）宇治の姫君の魅力「かうざまなるけはひ」とは玉鬘の魅力「いと若やかにおほどいたるここち」のことだ。薫は頭の中で「玉鬘の魅力＝玉鬘大君の魅力＝宇治の姫君の魅力」という公式を作り上げる。薫は宇治の姫君の中に玉鬘や玉鬘大君と共通の魅力を見出すことで、宇治の姫君が玉鬘大君の形代たり得る、恋するに足る価値があることを確認したいのだ。

そしてその共通の魅力「いと若やかにおほどいたる」と言えば、女三宮の描写によく使われる表現と似てはいないか。第二部、夕霧から見た女三宮は「いと若くおほどきたまへる一筋にて」（若菜上五―一二〇）であり、地の文における女三宮も「姫宮のみぞ、同じさまに若くおほどきておはします。」（若菜下五―一六二）と描写されていた。そして第三部、橋姫巻末、薫が見た女三宮は「いと何心もなく、若やかなるさま」（橋姫巻末・六―三〇〇）であり、女三宮が薫の出家を危ぶむ所の地の文では「母宮の、なほいとも若くおほどきて」（宿木七―一七六）とあった。もちろん、第二部の女三宮を薫は知る由もないが、薫は無意識のうちに母女三宮と似ている要素を他の女性に求めている、つまり薫の恋心の根底には母への思慕が潜んでいる、という読みをすることができる。

椎本巻末、夏、涼を求めて宇治を訪問した薫が、喪服姿の姉妹を垣間見る場面がある。[*11] 中君の描写と大君の描写とを分けて引用すると次のようになる。

（中君の描写）……まづ一人立ち出でて、几帳よりさしのぞきて、この御供の人々の、とかう行きちがひ、涼みあへるを見たまふなりけり。濃き鈍色の単に、萱草の袴のもてはやしたる、なかなかさまかはりてはなやかなりと見ゆるは、着なしたまへる人からなめり。帯はかなげにしなして、⑤数珠ひき隠して持たまへり。いとそびやかに、様体をかしげなる人の、髪、袿にすこし足らぬほどならむと見えて、末まで塵のまよひなく、つやつやとこちたううつくしげなり。かたはらめなど、あならうたげと見えて、にほひやかに、やはらかにおほどきたるけはひ、⑥女一の宮も、かうざまにぞおはすべきと、ほの見たてまつりしも思ひくらべられて、うち嘆かる。……立ちたりつる君も、障子口にゐて、何ごとにかあらむ、こなたを見おこせて笑ひたる、いと愛敬づきたり。

（大君の描写）……黒き袷一襲、同じやうなる色あひを着たまへれど、これはなつかしうなまめきて、あはれげに、心苦しうおぼゆ。髪、さはらかなるほどに落ちたるなるべし、末すこし細りて、色なりとかいふめる、翡翠だちていとをかしげに、⑦糸をよりかけたるやうなり。⑧紫の紙に書きたる経を、片手に持ちたまへる手つき、かれより細さまさりて、痩せ痩せなるべし。　（椎本六―三五〇～三五一）

まず、傍線⑥のように薫は中君の姿に憧れの今上女一宮の面影を見ている。宇治で見つけた姫を憧れの今上女一宮と似ていると主観的に思い込む事によって、宇治の姫が恋するに足る価値のある女だと思いたいのだ。中君は今上女一宮に似ている事で価値が出て、女一宮の形代たり得る。そして、傍線⑤⑧のように数珠や経を持つ喪服姿の姉妹の描写が、橋姫巻末の経を持つ尼衣の母女三宮の描写と類似していることが、既に長谷川政春[*12]、原陽子[*13]によって指摘されている。そこで、第三章でも挙げた橋姫巻末、実父柏木の手紙に衝撃を受けた薫が母との語り合いを求めて母に会いに行った時の、薫の視線が捉えた母女三宮の描写をもう一度見てみよう。

宮の御前に参りたまへれば、いと何心もなく、若やかなるさましたまひて、経読みたまふを、はぢらひもて隠したまへり。（橋姫六―二〇〇）

長谷川政春は、経を持つ姿の大君を通して経を持つ母の姿を見た薫が、母との神話的な近親相姦をしていると言う。原陽子も、尼姿で仏道に帰依する高貴な女三宮に対する薫の「母恋」が、宇治の姉妹に投影されたと見ている。私も賛成したい。

橋姫巻末、父と母の密通の事実を弁から聞いて動揺した薫がすがるように見た母の姿は、男と密通を犯した生々しい女だったのか、密通の露見によって出家を余儀なくされた痛々しい女だったのか、それとも何事もなかったかのようにあどけない無心の童女だったのか。いずれにしても墨染の衣に身をやつして恥じらいながら仏道修行する母の姿は、薫の心の原風景にくっきりと焼きついたに違いない。心を開いて母と語り合いたかったはずなのに、母の姿を見た薫は語るのをやめた。母が動揺するだろうから。昔の古傷を掘り起こすのはいたわしいから。母の尼姿は、助けてあげたい、いたわってやりたいという薫の願望をかきたてた。そう言えば匂兵部卿巻に語られた薫の出家願望も尼姿の母を助けたいという思いから発していた。母を助けることで、母に感謝され、必要とされ、愛されたい。そして今、墨染の衣に身をやつして数珠を隠す中君と経を持つ大君の二人の姿に、薫は母の姿を主観的に見て取り、助けたいという欲望をかきたてられている。宇治の姫君を助けることで、姫に感謝され、必要とされ、愛されたい。ここに、母への思慕を宇治の姫への恋に転化する薫が完成する。母と語り合いたくて、しかし現実の母との語り合いを拒絶し、母から逃避する薫は、矛先を宇治の姫に向ける。実現できない母との語り合いの蜜月を宇治の姫を相手に実現しようというのだ。薫は母への思慕と母からの逃避願望に揺れ動きながら、墨染の衣に身をやつす女に強烈な欲望を感じてしまう。総角巻、八宮の一周忌近い頃、薫が屏風を押し開けて近づいて添い臥した時の大君は「何心もなくやつれたまへる墨染」（総角七―一二）であった。「何心もなく」やつれた墨染と言えば、橋姫巻末の「何心もなく」経を読む尼姿の母女三宮を彷彿とさせるではないか。薫が八宮の忌みが明けるまで待たなかったのは、母の面影を思わせる喪服姿の大君を抱きたかったからであろう。

7　椎本巻末の薫の夏物語と柏木女三宮物語

そしてさらに、椎本巻末の垣間見の大君の描写波線⑦「糸をよりかけたるやうなり」は、第二部若菜上巻の柏木が垣間見た女三宮の描写「糸をよりかけたるやうになびきて」と類似していることが助川幸逸郎[*14]によって指摘されている。そこで、六条院の蹴鞠の会の折、走り出した猫が御簾を押し上げ、女三宮のあらわな立ち姿を柏木が垣間見た場面を見てみたい。

几帳の際すこし入りたるほどに、袿姿にて立ちたまへる人あり。……御髪の末までけざやかに見ゆるは、糸をよりかけたるやうになびきて、末のふさやかにそがれたる、いとうつくしげにて、七八寸ばかりぞあまりたまへる。御衣の裾がちに、いと細くささやかにて、姿つき、髪のかかりたまへる側目、言ひ知らずあてにらうたげなり。……猫のいたく鳴けば、見返りたまへるおももち、もてなしなど、いとおいらかにて、若くうつくしの人やと、ふと見えたり。

（若菜上五―一二七～一二八）

髪の描写「糸をよりかけたるやう」という表現は、『宇津保物語』に二例、『夜の寝覚』に二例、『とりかへばや』に一例あるので[15]、美しい髪の描写の慣用句的な表現だったことがわかる。しかし、源氏物語では、この薫が垣間見た大君と、柏木が垣間見た女三宮のたった二例しかない。もちろん、薫自身は知る由もないが、椎本巻末を読んだ読者は、この酷似した表現によって、若菜上巻の柏木の垣間見場面を思い起こしてしまう。

すると、「糸をよりかけたるやう」だけではなく、両者の垣間見場面が実によく似ていることに気付かせられる。まず、女三宮は庭で行われている蹴鞠を見るために几帳の際近くに「立ちたまへる人」と、貴族女性としては珍しい立ち姿であること。中君も庭で薫の供人が涼んでいるのを見るために几帳近くに「立ち出でて」「立ちたりつる君」と立ち姿であること。女三宮の髪の「うつくしげ」、「側目」の「らうたげなり」に対して、中君の髪の「うつくしげなり」、「かたはらめ」の「あならうたげ」。横顔だった女三宮が「見返りたまへる」と振り返ったので、柏木は正面の顔を見ることができたこと。横顔だった中君も「こなたを見おこせて」と薫の方を向いたので、薫は正面の顔を見ることができたこと。女三宮が「御衣の裾がちに、いと細くささやかにて」と細く小さな身体であるのに対して、大君も「細さまさりて、痩せ痩せなるべし」と細く痩せていること。薫は無意識のうちに柏木の欲望を模倣し、柏木が見た女三宮の魅力を、宇治の大君、中君の二人に分散して見ている——と私は読み取る。

このように、椎本巻末の垣間見場面が、第二部の垣間見場面と重なり合うことを意識してみると、垣間見の箇所だけではなく、涼を求めて宇治を訪問する薫の夏の物語全体に、第二部の柏木女三宮密通事件を思わせる影がちらついていることに気付く。

その年、常よりも暑さを人わぶるに、川面涼しからむはや、と思ひ出でて、にはかにまうでたまへり。朝涼みのほどに出でたまひければ、あやにくにさし来る日影もまばゆくて、宮のおはせし西の廂に、宿直人召し出でておはす。（椎本六—三四九）

猛暑の季節、薫は宇治川の川面が涼しいだろうかと、突如、宇治訪問を思い立つ。涼を求めるというのはもちろん口実で、本当の理由は姫との接触を図ること。「朝涼み」のうちに都を出発したのは、暑さを避けてのこともあろうが、一刻も早く姫君達に会いたいがため。そんな薫の欲望を見透かしているかのように、容赦なく射し来る太陽は薫の下心を白日のもとに照らし出す。心やましい薫は日差しを「まばゆく」感じて避けるように西廂に入り、宿直人を呼び出す。橋姫巻の垣間見の時のように、垣間見の手引きを期待してのことだろう。明るい光は、姫君達の姿を容赦なくはっきりと薫の前に提示する。

それにしてもなぜ、夏なのか。匂宮三帖の都の物語は春、橋姫巻以下薫の宇治訪問の物語は秋～冬――舞台と季節との役割分担[*16]は、少なくとも大君物語までは守られている。にもかかわらず、この場面だけはその原則を破っての夏の宇治訪問なのだ。なぜ夏なのか[*17]。それは、第二部の女三宮と柏木の密通～発覚の夏の季節と重ねるためではないか。正篇における印象的な夏の場面としては、五月雨の晴れ間の橘の花と郭公の花散里巻、螢を放して玉鬘の容姿を照らし出す螢巻、東の釣殿で納涼を楽しむ常夏巻などがあるが、薫と深い関わりを持つのはやはり柏木と女三宮の密通～発覚の夏の物語であろう。しかも、椎本巻末の「朝涼み」という言葉が否応なしに、柏木と女三宮の密通発覚の物語への連想を促す。『源氏物語大成』の索引によると「朝涼み」の用例はこの椎本巻末と若菜下巻の二例のみ。「朝夕涼み」の用例は若菜下巻の一例のみ。しかも、若菜下巻の「朝涼み」と「朝夕涼み」は密通発覚の物語の大事な鍵語だ。

女三宮と柏木の密通は「四月十余日」、賀茂祭の御禊の前日。密通の後朝の場面の初夏の「明けぐれ」は「秋の空よりも心尽くしなり。」と語られて、一般に「心尽くし」と言われている秋よりもずっと物思いをさせると強調されていた。「立ちぬる月」（五月）からの悪阻、「わりなく思ひあまる時々は夢のやうに見たてまつりけれど」と繰り返された密通は、じりじりと暑くなる夏の季節とともに進行していった。六月「暑くむつかし」と言って洗髪をした小康状態の紫上を二条院に残して六条院の女三宮の許を訪れた源氏が、女三宮に引き留められて延泊し、翌早朝、「朝涼み」のうちに紫上の許に帰ろうとして、落とした「かはほり」（夏の扇）を探しているうちに、柏木からの恋文を発見してしまったのであった。

まだ朝涼みのほどにわたりたまはむとて、とく起きたまふ。（若菜下五―一二九）

紫上の許に一刻も早く帰りたいという焦りと、夏の強い日差しと暑さを避けたいという思いと、女三宮側への早く帰る言い訳としての都合の良さから、源氏はまだ女三宮が寝ている「朝涼み」の時間帯を選び、その事が密通発覚を導いた。小侍従から密通発覚を告げられた柏木は驚愕し、恐れおののいた。

朝夕涼みもなきころなれど、身もしむるここちして、いはむかたなくおぼゆ。（若菜下五―一三七）

『源氏釈』以下に引く出典未詳の和歌「夏の日も朝夕涼みあるものをなどわが恋のひまなかるらむ」（『奥入』初句「夏の日の」）を引き込んで読んでみると、恋の「火」の炎で休む暇もなく燃え続ける柏木にとっては、朝夕涼みもない酷暑の季節と感じられる頃であったにもかかわらず、恐怖のために身も凍るような思いがした、とでもなろうか。「さてもいみじきあやまちしつる身かな、世にあらむことこそまばゆくなりぬれ」（若菜下五―一二一・密通直後の述懐）、「かの御心に、かかる咎を知られたてまつりて、世にながらへむこともいとまばゆくおぼゆるは、げに異なる御光なるべし。」（柏木五―一七二・柏木の小侍従に対する発言）とあるように、柏木は光源氏の威光を「まばゆし」と恐れて、光源氏の眼光に射抜かれるようにして死んでいった。

薫も「朝涼み」の時間帯に都を出発したが、宇治に到着した頃にはまばゆい日差しが薫の目を射るようだった。源氏が密通を見抜いたように、夏の日差しが薫の欲望を暴く。柏木が己の罪を暴かれて源氏の威光を「まばゆく」感じたように、薫も己の欲望をあらわに照らし出す太陽の光を「まばゆく」感じる。そして、そこで薫は、父柏木が垣間見た女三宮の姿を、宇治の姫君達の中に見て欲望を感じる。

8 保身ゆえの形代遍歴

薫の物語における柏木女三宮物語引用は他にいくつか指摘されている。柏木の惑った「明けぐれ」の存在感覚が薫にうけつがれること[*18]。薫の心内語や大君の和歌に柏木の言葉が踏まえられていること[*19]。柏木が女二宮を得てもなお女三宮を思慕するように、薫も女二宮降嫁をきっかけに女一宮を強く思慕するようになること[*20]。そして、前章で指摘した椎本巻末の薫の夏物語と柏木女三宮の密通物語との類似の表現。

これらの柏木女三宮物語引用群は、薫の物語と柏木の物語とを重ね合わせることを読者に要請する。二つの物語は類似の表現によって向き合い、重なりとずれを見せる。両者の重なる部分は、薫が柏木と同じように惑乱し、愛執の迷妄の世界に彷徨うことであろう。そして両者のずれている部分は、柏木は禁忌の恋を犯すが、薫は禁忌の恋を犯さないことであろう。薫は、社会的地位がない女、人妻でない女、親の許しのある女を選び、しかも女本人の許しを待つ姿勢を見せるなど、ことごとく柏木の逆を行く。薫の物語では、柏木女三宮物語引用の指示する方向性、つまり――密通、不義の子誕生、身の破滅――という展開がおこらない。柏木女三宮物語引用は、後の展開へと物語を引っ張っていくような強力な推進力がない。薫の中に柏木の惑乱と愛執の迷妄の姿を断片的に鳴り響かせはするが、筋書きを牽引する力がない。重なりながら、ずれが強調される引用なのだ。その、強調されて明瞭に浮かび上がってくるずれとは、身を滅ぼした柏木のようにはなるまいと禁忌の恋を避けて保身を測り、代わりに安全な女に欲望を向けて形代遍歴をする薫の姿なのである。

柏木は女三宮一筋に恋い焦がれていたので、形代の女で慰もうとは思わなかった。女三宮が手の届かない存在だった時は女三宮の飼っていた猫を形代として愛玩していたが、密通によって女三宮の体を手に入れた時、形代としての猫の役目は終わったので、猫を女三宮に返す夢とともに猫は物語から姿を消した。柏木は禁忌の恋を実践したので形代の女は必要なかったのだ。ところが薫は身の破滅が怖くて、禁忌の女性への恋を実践せず、その形代として安全な宇治の姫君に欲望を向ける。大君は、都の高貴な女性――母女三宮や明石中宮や今上女一宮や冷泉院女一宮や玉鬘大君など――の形代なのだ。本稿では触れなかったが、無常の物語を語り合った恋しい八宮の形代でもある。大君が死して永遠に手の届かない存在になる事で今上女一宮に匹敵するような価値のある女性として薫の中に定位された時、今度は大君の形代として中君を求めていく。中君が匂宮の妻としての安定した地位を築いて禁忌の恋の対象になった時、次に大君と中君の形代として浮舟を求めていく。禁忌の恋を避けての形代、形代、形代……。光源氏も母の形代としての藤壺、藤壺の形代としての紫上、女三宮と、形代を求めて女性遍歴をしたが、それは禁忌の恋に果敢に挑んだ上での形代遍歴であった。薫は禁忌の恋に挑まずに保身を優先し、安全な女で代用しようとする形代遍歴なのだ。

蜻蛉巻、憧れの今上女一宮が白く透ける薄物の御衣に紅の袴を着て氷をもてあそんでいるのを垣間見て悩殺されてしまった薫は、翌日、同じ衣装を正妻女二宮に手ずから着せて氷を持たせるが、しかし、所詮女二宮は女一宮ではないという事実に溜め息をつく場面がある。あの場面こそが薫の欲望のあり方を象徴している。薫は大君に対しても、中君に対しても、浮舟に対しても、そして誰に対しても、母と同じ墨染の衣を着せかけ、都の高貴な女性が着る衣装を着せかけ、永遠に溜め息をつき続ける存在なのだ。光源氏はたとえ形代でも目の前にいる女自身を愛した。しかし、薫は目の前に座っている女を見ない。その女を通していつも別の誰かを見ようとしている。

注

＊1　本文の引用は新潮日本古典集成により、（　）内に巻名、巻数、頁数を示す。私に表記を改めた所がある。

＊2　吉岡曠「「薫論」補遺」（『源氏物語論』笠間書院、一九七二）

＊3　助川幸逸郎「宇治大君と〈女一宮〉」（『中古文学』第六一号、一九九八・五）は、匂宮の今上女

一宮への疑似〈妹恋〉と、薫の大君への疑似〈妹恋〉が並べられていることとの意味を考察している。

＊4　薫と母との関係について、小林正明は「双数と法の宇治十帖」（『日本文学』一九八九・五）や「逆光の光源氏」（小嶋菜温子編『王朝の性と身体』森話社、一九九六）で、母子癒着が強過ぎるため薫は女達に横滑りし、その欲望の連鎖は光源氏による女三宮の禁止に由来すると言う。吉井美弥子「薫と〈女三宮〉」（『国文学研究』第百集、一九九〇・三）は、三条宮は薫にとって出家への志向と現世的栄華の両方を具現する空間で、〈女三宮〉が薫を宇治へ導いたり、宇治から引き離したりすると言う。

＊5　前原奈生子「源氏物語宇治十帖試論」（『古代文学研究　第二次』第三号、一九九四・一〇）

＊6　鷲山茂雄「光源氏没後の物語の構造」（『源氏物語主題論』塙書房、一九八五）、池田和臣「竹河巻と橋姫物語試論」（『源氏物語及び以後の物語　研究と資料』武蔵野書院、一九七九）など。

＊7　小嶋菜温子「女一宮物語のかなたへ」（『源氏物語批評』有精堂、一九九五）は、女二宮降嫁にともなって臣下ゆえの限界をあらわにされた薫が、優れた后腹の女一宮を思慕するという王権志向の論理を明らかにしている。

＊8　鷲山茂雄「薫と浮舟」（『源氏物語主題論』塙書房、一九八五）は、蜻蛉巻、光源氏と紫上のための明石中宮主催の法華八講が、血縁のない薫を疎外し、光源氏の血を引く女一宮に憧れる薫を浮き彫りにすると言う。

＊9　一文字昭子「平安時代の女一宮」（『国文目白』第三七号、一九九八・二）は、第一内親王は天皇家の象徴として神聖不可侵の存在であるという当時の社会通念が、源氏物語に反映していると言う。

＊10　清水好子「源氏物語の俗物性について」（『国語国文』二五巻七号、一九五六・七）は、薫は後

見のない女達に物質的・経済的援助を与える理想の男だと言う。三田村雅子「浮舟物語の〈衣〉」（『源氏物語感覚の論理』有精堂、一九九六）は、薫が衣を贈る事で姉妹達を支配・掌握しようとする一方、姉妹達は「薫から懸想される女君」という役割を放棄すると言う。

＊11　この垣間見場面について三谷邦明『入門源氏物語』（ちくま学芸文庫、一九九七）は、薫の一人称視点で描かれた対照的な姉妹のうち、最高の美人である中君よりも病的な大君に蠱惑されていく薫の内面を照らし出すと分析している。本稿では橋姫巻末の女三宮や柏木女三宮物語との重なりに焦点をしぼる。

＊12　長谷川政春「橋姫」「椎本」「総角」（『国文学』一九七四・九）、「拒む女―橋姫・椎本・総角」（『国文学』一九八七・一一）

＊13　原陽子「薫の恋を支えるもの」（『源氏物語と平安文学』第4集、一九九五）はさらに、母を庇護する僧になりたいという薫の「母恋」が、皇女への思慕、尼姿の女君への思慕、密通の結果出家した女君への思慕と変形していくと言う。

＊14　助川幸逸郎・口頭発表「大君の希薄な〈身体〉」（物語研究会、一九九五・一一・一八、清泉女子大学）

＊15　仲忠が垣間見た兼雅の妻宰相の上の描写（室城秀之『うつほ物語　全』楼の上・上、八三六頁）、涼が垣間見た犬宮の描写（楼の上・上、八六四頁）、寝覚上が見た石山姫君の描写（岩波の日本古典文学大系『夜の寝覚』巻四、二八八頁）、右大臣が見た寝覚上の描写（巻五、三九六頁）、宰相中将が見た内侍（男）の描写（鈴木弘道『とりかへばや物語の研究』笠間叢書、七七頁）

＊16　三田村雅子「第三部発端の構造」（『源氏物語感覚の論理』有精堂、一九九六）

＊17　助川幸逸郎「椎本巻末の垣間見場面をめぐって」（『中古文学論攷』第十七号、一九九六・一二）

は、〈反―都〉・〈非―都〉的なものにひかれての宇治訪問が秋冬であるのに対して、ここでは涼を求めるという享楽的な理由での訪問であるから夏という季節が割り当てられたとする。

＊18　高橋亨「源氏物語の内なる物語史」（『源氏物語の対位法』東京大学出版会、一九八二）

＊19　池田和臣「薫の人間造型」（『源氏物語の探究』第十五輯、風間書房、一九九〇）

＊20　吉井美弥子「宿木巻の方法」（『源氏物語の視界5』新典社、一九九七）など。

歴史史料としての源氏物語

筧 雅博

今日のお話は、『源氏物語』を歴史学の素材（史料）として眺めてみよう、そういった試みでございます。まず、だいたいの話の運びについて申し上げておきましょう。まん中に十分ほどの休みをとることになっておりますから、休み時間前の一時間あまりを『源氏物語』を生み出した平安時代の宮廷社会の状況につきまして、思いつくままに、お話を進めてゆきたいと思います。こう申し上げますと、はなはだいい加減な調子のようですが、お話の中で、われわれ歴史畑のものが『源氏物語』をどのように読んでいるか（どのように、と申し上げましても、はなはだ粗末な拾い読みにすぎませんが）、その態度の一端を、皆様にわかっていただければ、とねがっております。史料と文学作品はどのように違うのか。結局のところ、問題はそこにある、と言わなくてはなりません。

さて、後半の一時間は、それを具体的にわたくしが実行してお目にかける、ということになります。会場の入り口でプリントを二枚ずつお持ちになられましたでしょうか。それは「夕顔」という巻の一場面であります。「夕顔」は、あまり大きな章とは申せませんが、プリントは「夕顔」

全体の十五分の一か二十分の一にすぎません。はなはだみじかいものですけれど、『源氏物語』を史料として読む、その読み方を、わたくしなりに皆様に御覧に入れよう、と思います。こんな順序でよろしゅうございましょうか。それではお話を始めます。

『源氏物語』は、歴史学に携わるものの研究対象に、なかなかなりにくい性格をもっております。それはなぜか、と申しますと、まず、歴史学というものが「史料に立脚して論ずる」ことを基本にしているからであります。この「史料」といいますのは、ある時代のことを知ろうとする場合、その時代の人間が筆をとって書いた手紙や日記、あるいは報告書のことであります。したがって「史料に立脚して論ぜよ」という教えは、過去に対する非常に厳しい接し方でございまして、同時代の証言しか信じてはいけない、ということになるのであります。同時代人の手に成ります手紙や日記、報告書を第一級史料とよぶこともあるようです。したがいまして、だんだん時間がこちらに接近してくると、史料の価値も第一級から第二級へ下らざるを得ません。過去の人が大過去について書いた歴史が史料になる場合であります。ちょっと話がややこしくなりますけれども、これは『大鏡』であるとか、『栄華物語』であるとか、そういう物語のことです。このような物語は、第一級ではなく、第二級史料というふうな扱いに甘んじております。

ここでちょっと「歴史」という言葉について申し上げておきましょう。なにか偉そうな話になってしまいそうで恐縮ですが、「歴史」の「歴」は、「歴代の」であるとか、「歴々の」という言い方が示しておりますように、過去の事物を順序よく並べる、という意味をふくんでおります。一方「史」は、それが文字にあらわされた状況、あるいは文字にあらわす人間を意味したそうです。したがって「歴史」という熟語は、対象とすべき過去の事実と、それを書く人間が渾然一体となった概念なのであります。おそらく、historyという言葉も、似かよった意味合いを備えているように思われますが、歴史というものは、文字で書きあらわされてはじめて歴史となる、そんな考え方が、多くの人々によって継承されてきたことは、たしかといえましょう。

さて、これからお話しようとしております『源氏物語』は、歴史学から、どのような扱いを受けて来たのでありましょうか。誰が決めた、ということもないのですが、かなりひどい継子扱いであるように思われます。すなわち、平安時代の研究者にとって『源氏物語』は、第二級史料であるところの『大鏡』より、さらに低い史料的価値しか認められておりませんでした。フィクションだからであります。

学問は、だんだん年月を積み重ねてゆくにしたがいまして「伝統」が生じてまいります。「伝統」は、後進者たちのよき道しるべになる場合も多いのですが、あまりよくない傾向、たとえば、異質なものを排除するときの錦の御旗となってしまうことも、決してすくなくありません。とくに歴史学の場合、伝統を誇れば誇るほど、その伝統の中で大切に取り扱われなかったテキストは、ますます継子扱いされてゆく、という傾向が、おのずと生じてまいります。で、これもあまりよろしくない話ですが、大学で日本史を専攻しようと決めた学生さんたちは、熱心な人であればあるほど、何を勉強すべきか、その対象について非常に神経質になります。とくにプロとして、つまり大学院に入って歴史学で身を立ててゆこうという場合には、過去の伝統の中に自分も身を置いて勉強を始めたい、と願う学生が、たぶん百人のうち九七人とか九八人になってしまうのですね。そんな事情もありまして『源氏物語』や『枕草子』などの叙述の中から平安時代像を構築しようなどという考えは、歴史畑の人間にはなかなか育ちにくかったようなのです。

それからもう一つ、いまからおよそ十年位まえまで、歴史学というものは、支配者が圧倒的多数の被支配者を搾取する、その様子を（被支配者側に立って）綴るのが、歴史学の使命である、という考えがきわめて強くありました。そのような考えからいたしますと、平安貴族の宮廷内の状況などは、trivialな対象と映らざるを得なかったのです。皆様は、「ええっ」と思われた方が多いようにお見受けしますが、この考え方が歴史学者に与えた影響力は、かなり強いのではないかと思います。今日のお話の参考書として皆様に御紹介いたしました、土田直鎮先生の御本、これは王朝貴族の日記（いわゆる第一級史料です）を扱って、紫式部や清少納言の時代をこくめいに叙述された、文字通りの名著でありますが、刊行直後「どうして貴族社会の状況をこんなに大きく扱わねばならないのか」という多分に嘲笑的な批判が寄せられております。もって歴史学の場の雰囲気を知ることができましょう。第一級史料である王朝貴族の日記からして、本格的に読んで見ようとする学生は、むしろ少数派だったかもしれないのです。

そして、第三の理由、これも非常に大きかったと思うのですが、読みにくいんですよね（笑）。王朝貴族の日記、これは漢文体なのですけれども、こっちの方がはるかに読みにくいのではないのか、とおっしゃるかも知れませんが、こちらは、一応訓練（というもの大げさですが）をかさねると、とにかく読めるんですね。ところが、『源氏物語』は、まあ、何と申しますか、刻苦勉励を積み重ねれば、すらすら頭に入るか、というと、そうではありませんね。あれは、すらすら頭に入る人と、ぜんぜん頭に入らない人と（笑）、はっきり分かれますね。

たとえば、森鷗外という人は、近代日本を代表する大文学者でありました、その影響は強烈です。たぶん、漱石よりも鷗外の方が、後進の文学者たちに与えた影響は強いのではないか、と思われるのですが、鷗外は、『源氏物語』の文体が嫌いだったようですね。自分はあの書き方になじめない、ということをはっきり書いております。参考までに申しあげますと、鷗外は、たとえばお墓に彫る碑文を求められると、たちどころにその場ですらすらと書いてしまったそうです。それは読み返さないでも立派な文章になっていた、といいます。「なんで貴方はそんなことができるのか」と聞かれたとき、かれは「自分は幼少のころ、春秋左氏伝を繰り返し読み、おおかた覚えてしまった。それが型として体にあるから、表現しようと思う内容を、たやすく文章にすることができるのだ」と、言いました。『源氏物語』の文体は、鷗外の体得した文体と対極的な位置に立っているのであります。

「史料」の方に、話を戻しましょう。われわれが第一級史料と見なします、平安時代の貴族の日記と『源氏物語』は、必ずしも連続しておりません。試みに例をあげましょう。平安時代を代表する日記に『小右記』というものがあります。『小右記』の書き手（これを記主といいます）は、藤原道長の従兄弟筋にあたる人で、才幹に於いては道長をしのいだ、といわれる人なんですが、惜しいかな、傍系のために右大臣どまりで終った人です。この人が、半世紀のあいだ書きつづった日記が、平安時代を通じて、質量とも最高の規模を誇っておりまして、ぎっしり漢字を並べた、四百頁前後の本が、十一巻あります（刊行は土田先生が担当されました）。したがって、全部で四千頁あまり。400字詰の原稿用紙に直して八〇〇〇枚から九〇〇〇枚の分量です。仮名混じり文に訓み下しますと、枚数が五倍位にふくらみますから、何万枚という規模でしょう。このぎっちり漢字の詰った十一冊に、紫式部はただ一回しか出てきません。しかも実名ではないのです。『小右記』の記主が、中宮彰子の産んだ東宮の病気見舞いに、自分の息子（養子）をやるんですが、中宮に直接会うことはできません。取次ぎをある女房に頼んだ、とありまして、「女房」の下に小さく「越後守為時女」と書いてある。そこでこの取次ぎ役が紫式部であることが判るのです。『小右記』に記された、彼女の言葉を仮名混りの文に訓み下すと「東宮御悩、重きにあらずといへども、猶ほいまだ御尋常の内にあらず、熱気いまだ散じ給はず、また左府いささか患気有り」となります。「左府」というのは、左大臣道長を意味しますから、このとき中宮と皇太子、そして『源氏物語』の作者は、道長と同居していたことがわかります。

第一級史料『小右記』の、何万行という叙述の中に、紫式部への言及はただ一回しかありません（このように申し上げることができるのは、わたくし自身『小右記』研究の伝統の上に立っているからです）。『小右記』の記主は、紫式部を知らなかったのでしょうか。そうではありません。「越後守為時女」について、『小右記』の記主は、「此の女を以て、前々雑事を啓せしむる」と書いております。すなわち紫式部は『小右記』の記主と中宮彰子の間の連絡役をつとめていたのです。かなり親しい間柄といってよいでしょう。『小右記』に限らず、およそ平安期の日記は、儀式や政務のありさまを、できるだけ正確に記すことを旨としており、私的な側面は思い切って除外されていたのです。もうおわかりのことと思いますが、権力者をめぐる動きや朝廷の諸機構について研究する場合には、日記は最上の史料であります。が、宮廷社会に生きる人々の日々の状況を具体的に探究しようとするとき、われわれは、どんな浩瀚な日記をもってしても尽し切れぬ余地があることに、突如気がつくのです。『源氏物語』のもつ、潜在的な価値が見出される、いや、見出されなくてはならぬゆえんが、ここにあります。

皆様、このへんで、平安時代のだいたいの見取図といったものを紹介いたしましょう。西暦七九四年から一一八〇年まで、およそ四百年を「平安時代」とよびならわしておりますが、この四百年間は、こんな風に（と、黒板にゆるやかな放物線を書く）表現できるかもしれません。平安時代の尾根に当る、九九〇年ころから一〇一〇年ころまでが、『源氏物語』の時代なのです。この時代の天皇は、一条天皇でありますが、一条天皇に仕えた人々の中には、後世にまで名をのこす技芸の持ちぬしが多かったようです。ほぼ二十年後、道長が死にますが、文字通り、満月が欠けるように、朝廷の求心力はおとろえてゆく、そういうイメージをわれわれは持っております。ちょうど道長の死の翌年に東国で反乱が起こり、清和源氏の棟梁が現地へ向い、乱を鎮圧しました。武士の時代のはじまりを、かれの東国下向にもとめることができましょう。したがいまして『源氏物語』は、王朝時代最盛期に生まれた作品なのであります。

『源氏物語』以前、つまり平安時代前期は、平和な時代であったでしょうか。そうではありません。とくに最初の一世紀は、怨みをのんで死んでいった人が次々に挙げられるような、そんな時代なのであります。奈良時代の後半、天平時代といわれるころの歴史書の内容には、すさまじいものがあり、中納言、大納言、あるいはそれ以上の高位者でも、いったん捕われの身となると拷問を受け、処刑される例がいくつも認められるのです。平安時代は、そのような状況をほぼ全面的に受け継いではじまりました。皆様は『万葉集』と平安時代が、かなり離れているような感じをおもちかも知れませんが、けっしてそうではないのです。大伴家持が赴任先の因幡国の国府で「新しき年の始の初春の今日降る雪のいや重け吉事」と歌って『万葉集』を閉じたのが西暦七五九年のことですから、天平時代の経験者も、平安京に移り住むことがじゅうぶん可能だったといえましょう。

平安時代が最初の二十年をすぎるころ、最高権力者のあいだに一つの反省が生まれます。廃立も追放も政治権力の確立のためには不可避であるとは云え、あまり深追いをしてはならない。そのような判断がなされるようになりました。もののけ、（怨霊、生霊）に対する畏怖心であります。それがはっきり現われて来るのは、桓武天皇がなくなる時期の『六国史』の記事でして、さきほどの区分で申しますと、第一級史料ではありませんが、亡くなるときの桓武天皇が、自分が死に追いやった皇后や弟の親王（かっての皇太子）にたいしてたいへんな恐怖を感じていたことが判ります。ご存じかと思いますが、桓武天皇の皇太子は、病身でした。そのような状況と相まって、敵対者を徹底的に追いつめるのはよろしくない、という考え方が、次第に有力になります。平安京には各地から人々が流れ込み、劣悪な居住条件のもとで生活を営みますので、とくに暑い季節には伝染病が蔓延して、多くの都市民が命を失う。支配者も被支配者も、疫病は怨霊によってひきおこされた、と考えまして、慰霊もしくは鎮魂の行事がはじまります。それが祇園社のお祭り（御霊会）なのであります。

平安京の夏を象徴する五月の葵祭と、七月の祇園祭は、ほんらい、朝廷が主宰者であった形跡があります。とくに葵祭は、天皇家の皇女が主人公となりますけれども、祇園祭に於いても、朝廷がさまざまな形で関わっている、ということは、平安時代の貴族の日記を見ればよくわかります。祇園社の神様は、どうも疫病を引き起こす、恐しい力をもっていたらしいのですね。平安時代はじめの朝廷は、新しい神様を探そうとはせず、疫病を引き起こす神様をおまつりすることによって、疫病を鎮めようとしたのであります。

平安京創設から一世紀あまり経た、十世紀のはじめ、ある事件が起こって、このような考え方が朝廷の人々を決定的に支配するようになりました。非常に優れた才能を持ち、そのために藤原氏の出身でないにもかかわらず、引き立てられて右大臣にまでなった人が、無実の罪で地位を奪われ、太宰府へ流されました。ここまでは藤原氏の筋書通りなんですが、この事件の後、筋書を仕組んだと思われる人々が次々に亡くなり、また雷が天皇の居所近くを直撃する、そのような出来事が起こります。平安京の人々は、太宰府の地で亡くなった大臣の怨霊を、はっきりと目のあたりに認めました。ここが是非とも皆様にわかっていただきたいところで、今日の常識をもってしてはなかなか推しはかれないのですけれども、当時の人々にとっては痛切な事実なのです。じつはこの時期の藤原氏の代表者の一族は、事実上絶えてしまいまして、一世紀後、平安時代の頂点をきわめる、藤原道長とその子供たちの家は、この代表者の没落にとって代った、弟の家の流れなのであります。不思議なことではありますが、太宰府へ流されて死んだ、大臣の怨霊に苦しめられた天皇の治世は、後代、規模として仰がれるようになります。ともあれ、「延喜の治」とよばれる、この時代、天皇家（朝廷）は、奈良時代以来の、徹底的に政敵を追いつめる伝統から離脱した、ということになりましょう。

『源氏物語』には、怨霊への恐怖心を根底に据えた章があります。「夕顔」「葵上」がそうでありますｏある批評家は、この間の事情を説明して「平安中期、怨霊に対する恐怖からある程度解放されたから」と述べました。（大野晋・丸谷才一『光る源氏の物語』上、中央公論社　一一八ページ）。これは非常に鋭い指摘でありまして、怨霊のために命が脅かされるような状況は、なお続いていたにしても、好奇心というものが湧きだす余地が、すこしずつ、すこしずつ生じてきた。「夕顔」や「葵上」の恐怖に満ちた叙述は、その好奇心（怖いもの見たさ）の土壌に生い育った花である、というのです。

さて、先ほどわたくしは、第一次史料、つまり公卿日記の世界で、紫式部はただ一回しか現われて来ないけれども、それは日記という史料の限界であって、実際の生活上であっては、紫式部と上級貴族たちの交渉は密接であった、と申しました。別の言い方をいたしますと、『源氏物語』は、同時代の宮廷人にとって、たいへんな出来事だったのであります。寛弘八（一〇一一）年六月、一条天皇は病気が重くなりまして、二十日でありましたか、出家をいたします。この出家という行為は、危機的な状況に立ちいたったことを意味します。翌日の朝、中宮彰子がお見舞に訪れます。天皇は起き上がるのですね。ここがすごいところでして、危機状態であっても、皇后とか、中宮という人が来れば、とにかく起き上がるのです。そしてどうするかと申しますと、和歌を詠むのです。辞世の句を。

「露の身の草のやどりに君を置きて塵を出でぬることをこそ思へ」。部屋の中にいた廷臣たち、そして中宮に付き添う女房をふくめて、何十人という人々が泣き伏した、といいます。おそらく、いま、平安朝の絶頂期が過ぎつつある、ということを、かれらは身をもって感じ取ったのでしょう。ところで皆様、この歌をごぞんじでいらっしゃいますか。

浅茅生の露のやどりに君を置きて四方のあらしぞしづ心なき

これは『源氏物語』の「賢木」の巻で、光源氏が紫上を二条院にのこして出かけなくてはならないときの贈答歌なのです。最愛の少女を邸にのこして旅立つ、それが「浅茅生の露のやどり」ですね、おわかりでしょうか。一条天皇の辞世は、『源氏物語』の本歌取りなのですよ（秋山虔『詞華集・日本人の美意識』第一、東京大学出版会、一四八ページ）。

一条天皇は、薄れゆく意識の中で「賢木」の離別歌を想い起し、自分を光源氏に、そして中宮彰子を紫上になぞらえて辞世を詠んだのであります。中宮にしたがう女房たちの中には紫式部も間違いなくいたはずですから、もしかしたらこの辞世は「おもしろい物語を読ませてくれてありがとう」という意味がこめられていたのかもしれません。このような創作態度は、今日の価値観をもってすれば、軽薄と映るでしょう。自分独自の表現が介在する余地は能う限りすくないではないか。しかし、そうではないのです。もしも一条天皇が、まったく自分だけの言葉で辞世を詠んだとしたならば、周りにいた人々に与える感動は、はるかに少なかったことでありましょう。素人の思いつきを申し上げて恐縮ですが、古い時代の日本人の美意識の底には、いわゆるオリジナリティについて今日と非常に異なる認識があったようでして、いま自分が面している状況を、先行する作品を踏まえて表現する、その取り合わせ方を極めて大切だったらしいのです。

この会場には、お茶、お花などに造詣の深い方がいらっしゃるように思われますが、お茶も、お花も、取り合わせが非常に重んじられるのではありませんか。茶室の中心は、あの小さな茶入（薄茶の場合、棗）ですよね。値段も一番高い。安土桃山時代、ひとつの茶入が城にひきかえられるほどの価値をもったこともあります。この茶入を中心にして、茶碗や掛軸、そういった諸道具をいかにとりそろえてゆくか、ということが、いわゆるお点前と呼ばれるお茶を立てる作法に劣らないくらい、重要な意味をもちます。とりあわせ方に、お客は主人の人間性を見る、ということになりましょうか。茶入れも茶壺も茶碗も、もちろん掛軸も、その人がつくったものではありません。しかし、それらをとりあわせることで、とりあわせるものの個性が立ち現われて来るのです。実は『源氏物語』にも、そのような意味合いがいたるところに認められるのでありまして、紫式部は、とり合わせの技法の名手であった、ともいえましょう。

一条天皇の辞世に戻りましょう。『源氏物語』のプロットは、物語執筆中の時期、すでに天皇によって知られておりました。書きながら読まれる、という状況であったことは間違いないように思われます。おそらく、書くそばから、周りの女房たちが写し取って何種類もの写本ができ、天皇や上級貴族の手許へ届けられ、そこでまた別の女房の手に成る写本が生まれたのでありましょう。原作者が世を去った後も『源氏物語』を写し取って伝えようとする動きは衰えを見せませんでした。ここが大切なところで、紫式部の時代に書かれていたであろう何十種類にもおよぶ物語（その中には『源氏物語』に匹敵するような規模のものもあったようです）は、いつしか忘れられてしまいます。つまり、写し取るほど熱狂的に歓迎する人々が『源氏物語』の場合、時代を超えて次々に現われ、その他の物語には、そのような支え手がいなかった、ということなのですね。別の言い方をいたしますと、人の心に、写しても読みたい、というほどの気持ちを起こさせる力が『源氏物語』にのみ備わっていたのではありますまいか。

『源氏物語』は、甘口の夢だけ追っている物語ではありません。おそらく、滅びてしまったほかの物語の多くは、これでもか、これでもか、という風に主人公の理想的な生活を書き尽すものが多かったのではないか、と思われます。皆様の方がよくご存じでしょうが、光源氏の言動の中には、相当残酷であったり、場合によっては卑劣であったりすることがあります。たとえば、自分の正妻を盗んでしまった柏木という若い男を、光源氏は、気分がすぐれない、といって遠慮するのを呼び出して一気飲みを強いて死なせてしまいます。一気飲みというのは（笑）、いや、間違いないです。当時の宴会は、ひとつの杯しかないんです。参加者の間をぐるっと回してゆきますから、ごまかしようがないのです。で、柏木が具合が悪くてうつむいているのを「飲め、飲め」といって何回も回すんですよ。それで、後になってから「気の毒なことをした」なんて言ってますがね（笑）。まあ、光源氏は、天皇の寵愛を一身に集める皇子として出発し「須磨」「明石」で生きるか死ぬか、という境遇を体験し、再び頂点をめざして駆け上がるのですね。この過程の中に、かれの暗い影や傷をはっきり読み取ることができるでしょう。

「宇治十帖」になりますと、光源氏のもっていた性格が二分されます。非常に女性に対して優しい、という側面と、物事によく気がつく、という側面が薫（実は柏木の子）と匂宮にそれぞれ受け継がれます。何故光源氏の死後も、物語は書きつづけられたのでしょうか。読み手の熱狂的な支持があったからにほかなりません。シャーロック・ホームズの死にロンドン市民は激怒し、喪章をつけて抗議した、といわれます。作者はホームズを帰還させざるを得ませんでした。そのようなことがあって「宇治十帖」は書き継がれたのではないか、という気がいたしますが、あまりにも主人公に対する親愛の念が深いために、子孫のあゆみをずっと書き継いでゆく、という手法は、森鷗外によって継承されました。史伝文学中の傑作『澀江抽斎』がそれです。鷗外は『源氏物語』の文体になじめなかった、とさきほど申しましたが、意識下の深いところで影響を受けていたことは確かであります。

夏目漱石に『彼岸過迄』という小説があります。これは、いわゆる修善寺の大患後、最初に手がけた長編小説でして、いくつかの短編を鎖のようにつらねて、全体としてひとつのまとまりをもつ作品に仕上げようとしたらしいのですが、前半二、三の章は傑作とは申せません。ところが須永という青年が主人公として登場するに及んで叙述はにわかに緊迫化し、漱石の世界が読者の前に立ち現われてきます。須永は母と二人暮らしの、経済的には不自由のない、めぐまれた境遇に在るにもかかわらず、心の中にわだかまりがあって、物事に対して積極的な姿勢がとれない。須永の理解者である叔父は、この状況を「内へ内へとぐろを巻き込む」という風に説明するのですが、叙述が進むにつれ、かれの心をむしばんでいるわだかまりは、自分の出生にあることがわかります。かれはいとこにあたる姉妹と親しく往来するうちに、姉の方につよく惹かれるようになります。皆様、如何でしょうか。この須永という青年は「宇治十帖」の、なかんずく「橋姫」の巻の薫に生き写しではありませんか。須永と千代子、薫と大君。おそらく漱石は、半ば意図的に、『源氏物語』の世界を写し取ろうと試みたのでありましょう（謡曲『浮舟』によって漱石は

「宇治十帖」の世界を知ったのではないか、と思われます）。『彼岸過迄』は、須永が明石の浦から叔父へ書き送った手紙によってしめくくられておりますが、『源氏物語』は、近代文学の中枢部にまで、その影響力をおよぼしているのであります。

「橋姫」の巻で、薫（二十才）は、出生の秘密を知ります。大君に仕える老女（かって柏木つきの女房でした）から、「御前にて失はせ給へ」と、古手紙が何枚も入った袋を渡されます。ただの袋ではありません。唐の浮線綾（浮織り）の豪華な布地です。縫い合わせたところに「かの御名」の封がついております。これは柏木の諱《いみな》（物語の中には全く記されておりません）の草体をさらに図案化した、のちには花押とよばれるようになる、いわゆるサインでありますが、「御名」をもって封じますと、袋の口は半永久的に閉じられて、花押の主のみが開封することができる、そんな習慣があったようでございます。もちろん、薫は浮線綾を切り破ってかつての女三の宮が柏木に与えた返事を見てしまうのですが、じつは「橋姫」のこのシーン自体、歴史畑のものにとっては貴重な史料たり得るのです。

中世の、とくに鎌倉幕府の法廷では、証拠書類の真実性について、異議申し立てがなされますと、次のような措置がとられました。審理担当者（奉行人）が問題の書類（文書）の裏に「この文書が偽文書であるとの申し立てがなされたので、裏封を加える」と記し、自らの署判（署名と花押）を記すのです。裏を封ず。この行為の目的を第一次史料の中に見出し、説明することは、なかなかできませんでした。裏封を加えられた素材はいくつかあるのですが、なぜ裏封を加えるか、意図がわからなかったのです。「橋姫」の叙述は、心ある研究者を困惑させてきた、この問題に、一条の光を当てるもの、といえましょう。おそらく、担当者は、偽文書であると申し立てがなされた時点で文書をうらがえして巻き籠め、署判を加えたのでしょう。封を加えたもののみが、封を取り去ることができる。もしもこの慣習が鎌倉時代の人々にも受け継がれていたならば、審理期間中、どこに保管されようと、いったん裏を封じられた証拠文書に手が加えられる可能性は、能うる限り減殺されたはずであります。『源氏物語』の叙述の中には、このほかにも、実生活の中で文書の扱われる例がいくつか見られるのですが、それは、史料としての有効性の、ほんの一斑を示すにすぎません。

お話がずいぶん脇すじにそれてしまいました。このへんで『源氏物語』の、いわば内部構成といったものについて、御紹介しておくことにしましょう。『源氏物語』の原本は、たぶん紫式部が世を去ってから二、三十年のうちに焼けてしまったのではないか、と思われます。平安京は火事が頻繁に起こりまして、たとえば道長の作らせた、あの法成寺も、彼の死後間もなく火災のため失われるのですね。が、『源氏物語』の場合、熱心な読み手がつぎつぎに写本を作ってゆきます。第一次写本から第二次写本、という風に。菅原孝標の娘が読んだテキストは、たぶん第二次写本ではなかったか、とも思われます。紫式部の死後、二百年ほどを経た、鎌倉時代の初めころになりますと、写本の数は(もちろんどんどん失われてゆきますが)何千という数に達したことでしょう。

この時点で非常に困った状況が生じました。写してゆく途中で、写す人々が自分の「お話」をかってに書き加えてしまったらしいのですよ。死んだ人が生き返ってきたり、全然関係ないお姫様が出てきたり。そういうめちゃくちゃな叙述が加わって、十三世紀のはじめ『源氏物語』は、一説によれば六十巻になっていた、と言われます。この混乱をとにかく整理したのが藤原定家、あるいは源親行といった人々でした。何十種類もある写本をていねいに比較してゆくと、共通する叙述がわかりますね。その共通部分をまとめてテキストを確定していった形跡があるそうです。ちなみに『小右記』も原本はのこっておらず、何十種類もの写本を突き合わせながら、土田先生は原稿を作られたそうでありますが、勝手な叙述を書き加えた例はなかったらしいです。が、『小右記』にしましても、また『源氏物語』にいたしましても、今日知られるテクストは必ずしも原本のままではない、とくに後者のばあい、相当異質の要素が入り込んでいる、と覚悟してかかった方がよいのかも知れません。

かって、この話をいたしましたとき、学生の一人が手を上げて「どうして定家が整理したあと、勝手なお姫様を書き加える人がいなくなっちゃったんですか」と聞きました。フェリスの学生は、古典の世界には関心をもたない向きが多いのですが、ときおり、ドキッとするような質問をいたしますね(笑)。余計なことを申し上げました。ここでの問題は、現在伝わる『源氏物語』五十四帖の中に、定家や源親行の眼力をもってしても見破れなかった、いわばジョーカーが、ふくまれているかどうか、ということであります。この問題について、前回までの講師の先生方でご説明なさった方はいらっしゃいましたか。そうですか。それではこの機会にちょっと申し上げておくことにしましょう（以下の説明は『光る源氏の物語』下、一三八ページ前後の対話によるところが大きい）。「桐壺」から「幻」までいくつありましたでしょうか。四十一ですね。ここまでは、一応紫式部の文体ではないか、という見方が有力であります。ここ二十年ほどの間に、『源氏物語』を組み立てている語彙の森をコンピューターによって解析する企てがつぎつぎになされ、『源氏物語』を、いわば定量的な見地に立って眺めわたすことが可能になりました。ちなみに「桐壺」から「夢の浮橋」までおよそ四十万語、単語数は約一万三千だそうです。ただし、人間の動物的な側面、つまり排泄行為であるとか、その他もろもろの、いわゆる下世話な言葉はまったく使われてない、といわれます。意識して使わなかったのでしょう（これは和歌や連歌が、その語彙をきびしく制限したこととひとつ根につながります）。さて「桐壺」から「幻」は、光源氏が主人公であります。生いたちから須磨への退去、そして太上天皇としての復権までを、ほぼ年代順にたどることができます。この、王の年代記的な巻の間に、脇筋と申しますか、具体的な年代を示さず、女性との交渉を描いた十五、六の巻がさしはさまれている。こちらの方は特別な注文に応じて、挿入された可能性があるそうです。シャーロック・ホームズの例を借りて申し上げると「バスカヴィル家の犬」のようなものでしょうか。

さて、「幻」の後ですが、「橋姫」の巻から、いわゆる「宇治十帖」が始まります。その直前の二つか三つの巻は、紫式部のスタイルとはだいぶ違うらしいのです。ジョーカーと見なすこともできるでしょう。逆に紫式部の真作（おかしな言い方かも知れませんが）の中で、もっとも充実した内容及び文体をもつのが「若菜」上下であるらしいのですね。『源氏物語』は「若菜」に尽きる、と仰言った方もおられるようであります。「宇治十帖」の中では「浮舟」に、作者は持てる力のすべてを注いだ、そのような評価がなされております。教科書に、いま申し上げた巻々が取られることは、めったにありません。いつも「桐壺」や「雨夜のものがたり」ばかりではなく、五十四帖の急所を的確に示すようなテキストがあれば、『源氏物語』を次の世代に伝えようとする力は、もっともっと強くなるでしょう。それでは、休み時間をはさみまして、後半のお話に移ることにいたします。

○

後半のお話のテーマは『源氏物語』を史料として読む、それを実際に皆様の御覧に入れる、ということでございました。御手許のプリントは「夕顔」の巻から抜き出して見たのですが、英語のセンテンスがそれぞれ四、五行づつ、原文と対になっております。これはArthur Waleyという方の英訳でありまして、原文を理解していただくために、ちょうど鏡のような役割をはたしてくれるのではあるまいか、そんな風に考えて御目にかけた次第です。それではお話を始めましょう。「夕顔」は『源氏物語』の中でも、ごく初めの部分で、このとき光源氏は一六か一七歳であります。実は、「桐壺」の次、「帚木」の前に「かがやく日の宮」という章が存在した、という伝説がございます。内容はきわめてブリリアントなものであって、光源氏と紫の上との交渉がありありと描かれていた可能性もあるそうですが、今はたしかめるすべもありません。さて「夕顔」は、いわゆる年代記を構成する巻とは必ずしもいえないのですが、史料としての価値はひじょうに大きいように思われます。光源氏は、この時点で葵上と結婚しているんですよね。父（左大臣）の地位から見て、彼女が正妻という扱いになりますけれども、当時の貴族社会は徹底した母系制でありますから、結婚は、女の家のお客になる、という意味合いをもちます。何軒もの家を泊まり歩く場合もあるようです。また逆に、何人もの男が同時に通って来るという状況も起こり得たかも知れません。離婚手続きはなく、次第に疎遠になり、ついには関係が途絶えてしまうことも間々ありました。生まれた子どもは、だれが育てるのか、と申しますと、女の父母が育てます。つまり、お爺さんとお婆さんが孫を育てる、ということでありまして、天皇に娘をめあわせるのは、皇太子を自分の家で育てるためなのです。もうお気づきになられた方がいらっしゃるのではないか、と思いますが、日本の昔話の原型は、お爺さんとお婆さんと孫なんですよね。おそらく、母系制社会のいちばん基本的な形を踏まえて、昔話は成立している、といえるでしょう。歴史学の問題は、もうちょっと下世話になりまして、お爺さんとお婆さんに、孫を育てるだけの資力がどうして備わっているのだろうか、ということになります。『蜻蛉日記』の主人公は、毎年、春と秋の衣更えのとき、念をいれて仕立てた衣裳をいくかさねも、姿を見せぬ男の許へ贈ります。どのようにして用途を稔出するのか。『蜻蛉日記』は、歴史学の問いに答えてくれません。

「夕顔」の名は、光源氏が五条のあたりでふと軒先の花に目をとめる。そして奥の簾の中の女の人と知り合った、ということにちなんでおります。このとき、光源氏は、六条御息所という、ちょっと年上の人とも関係がある。この御息所という人は、嫉妬心が強いというのでは必ずしもなくって、魂が本人の意思とかけ離れてさまよい歩く、そんな体質の持ち主なんですね。要するに生霊《いきすだま》であります。生霊が、無意識のうちにライバルたちを襲うのです。夕顔も、葵の上も、この人のため命を奪われてしまいます。平安朝の人々の、生霊に対する恐怖心が、このようなキャラクターを創り出したのであります。八月半ばのある夜、光源氏は夕顔をともなって知り合いの別荘へ向かい、そこで一夜を過ごしますが、次の日も暮れて二人がとろとろと眠ったとき、事件が起こります。

御枕上にいとをかしげなる女ゐて「おのがいとめでたしと見奉るをば、たづね思ほさで、かくことなる事なき人をゐておはして、時めかし給ふこそ、いとめざましくつらけれ」とて、この御かたはらの人をかき起さむとす、と見給ふ。ものにおそはるゝこゝちして、おどろき給へれば、燈も消えにけり。うたておぼさるれば、太刀を引き抜きて、うち置き給ひて、右近を起こし給ふ。これも、おそろしと思ひたるさまにて参り寄れり。

「おのがいとめでたしと見奉る」は、あなたのことを深く思っているのに、という意味であります。あなたを深く思っているのに、あなたは私に目もくれないで、こんなつまらない女といらっしゃるのは本当に腹立たしい」そう云っているのです。「いとをかしげなる女」とのみ云って、誰か、ということは明示されませんが、これは書き手のテクニックなのかも知れませんね。『葵上』の場合も、誰、とはっきり書かれておりません。叙述の対象が御息所になって、なぜか衣裳にケシ（もののけを退散させるため、祈祷をおこなう僧が火の中に投げ入れる）の匂いが移っている。そこでわかるのです。

不思議な女が夕顔を引きずり起こそうとしている。光源氏は夢かうつつか、そのような光景を見ました。「もの」は生霊を意味します。目ざめると、燈火が消えていた。真っ暗です。「うたておぼさるれば、太刀を引き抜きて、うち置き給ひて、右近を起こし給ふ」。光源氏はとっさに枕もとに置いてあった太刀を取って、刀身をあらわにしたのです。皆様『紅葉狩』という歌舞伎の所作事を御覧になられましたか。主人公の平維茂に鬼が襲いかかりますよね。維茂は太刀を抜いて渡り合いますが、毒気にあてられて舞台の中央近くに座ってしまいます。あれは気を失ったという意味なのです。そこで鬼が襲いかかりますと、維茂の持っている太刀がかすかに動きます（ここで太鼓がどろどろと鳴る）。そうすると鬼はたじたじとなってしまいます。良い太刀は悪意をもって襲いかかって来る、この世のものならぬ存在を退散させる力をもつ。この信仰が光源氏に太刀を引き抜かせたのであります。

『紅葉狩』と申せば、あの二枚扇にはドキッとさせられますね（笑）。鬼の化身であるお姫様の踊りの中に、二枚の扇をこんな風にもてあそびながら、同時に放り上げる振りがありますね。で、当時に取るんです。ここのところが見せ場になっておりますが、更科姫をつとめる役者さんの心得としては、扇に意識を集中して、ここが危ない、とか、ここで気をつけないといけない、などとやっているうちは、とてもお客様に見せられない、といいます。意識せず、ほんとうの意味でもてあそびながらやれるようでないと出し物にできないそうです。この、二枚扇のくだりに限らず、歌舞伎、いや、日本の伝統文化は、無意識の状況に於ける動作をものすごく大切にしますね。お稽古ごとでも「お客様を意識してはいけない」と言いますよね。こういうお話でも、いちいちお客様の反応をうかがいながらしゃべりますと「卑しい」と言われます（笑）。藝術の世界でもそうです。無心でやらなければならない。そうやっているうちに高い境地に達することができる、という教え方をします。日本人が西欧の古典音楽を演奏するとき「テクニックは見事であるけれども、何を言いたいのかわからない」という意味の批判をうけることがあるようですが、これはたぶん、聴衆を意識しつつ演奏する伝統が、日本の音楽家のあいだに確立されていないからではありますまいか。

お話を「夕顔」のテクストに戻しましょう。「太刀を引き抜きて、うち置き給」ふ、という箇所を、たぶん日本文学の先生方は読み飛ばされるでしょう。が、歴史畑のものにとりましては、この箇所は大きな意味をもちます。光源氏は、なぜ太刀を引き抜いたのか。平安時代の貴族にとって、生存を脅かす最大の敵は、生霊、怨霊であります。太刀は、その最大の敵を防いでくれるのです。ここに、武士の存在がもとめられるゆえんがある、といえましょう。太刀を扱う技術を持った人を身辺に置く。われわれは、ともすれば、肉体を備えた敵を想像してしまうのですが、光源氏の同時代の人々にとって、闇の世界に突如立ち現われ、襲いかかって来る、もっと怖ろしい敵を防ぐため、太刀を抜いてふりかざす従者が必要だったのであります。武士の起こりを、武をもって貴族に仕える職能人に求める考え方がありますが、「太刀を引き抜きて、うち置き給」ふ、という何気無いセンテンスは、そのような見方をささえる好史料なのであります。

源氏物語は、二十世紀に入りますと、英語及びフランス語に訳されて、多くの新しい読者を獲得するようになりました。英語のテクストにつきましては、この講座の最終日、本学教員によるお話が予定されております。英語版『源氏物語』にも何種類かございまして、プリントで御紹介いたしましたのは、さきほども申し上げたとおり、Arthur Waley というイギリス人の手になるものであります。この方は、大英博物館にお勤めのかたわら、日本語を学び、平安時代の語彙や文法を身につけて、滞日経験の全くないまま『源氏物語』をぜんぶ訳した、という天才です。李白や杜甫の詩も英訳し、かつ、鋭い註釈をつけ加えております。なんと申し上げたらよろしいのでしょうか、広い世間には、このような方もいらっしゃるのですね（笑）。わたくしは、この方の『Tale of Genji』をテキストとして「夕顔」や「葵上」を原文と対照しながら、なんとかお茶を濁しております。どのようにお茶を濁すか。Waley さんの英訳には「誤訳」がすくなくありません。ここで申し上げております「誤訳」は、文法的な次元のものではないのです。訳者が、平安時代の価値観や行動様式を理解できぬために起こる誤解や錯誤なのでありまして、ヨーロッパ文化と日本文化との間をへだてる、深い淵が「誤訳」の中にはっきりと立ち現われてくるのです。

「夕顔」はとても便利な章でありまして、そのような「誤訳」に事欠きません。それはなぜかと申しますと、非常事態だからです。非日常の世界は、ふだんは深い所にかくれている、その文化にとってより核心的な、固有の要素のはたらく場となります。そのような要素を、二十世紀の西欧人であるWaleyさんは理解することがむつかしい。打ち明けて申しますと、われわれも、『源氏物語』の作者よりは、むしろWaleyさんの方に近い位置に立っているようなのですが。

「右近を起し給ふ。これも、おそろしと思ひたるさまにて参り寄れり」のくだりを、Waleyさんは

Somewhat agitated he drew his sword and lide it beside him, calling as he did so for Ukon. She came at once, looking a good deal scared herself.

と訳しました。難しい単語は一つもありません（笑）。「なんとなく興奮した光源氏は自分のswordを抜いて傍らに横たえ、そのようにしつつ右近を呼んだ」。右近は夕顔のもっとも信頼する女房であります。「彼女はすぐにやって来た。彼女自身もとても怯えているように見えた」。これは「誤訳」です。おわかりになりますか。そう、「参り寄れり」はcameじゃないんですよ。お姫様と男がいるときは、お姫様の最も信頼する女房が、そばにぴたっとついている。Waleyさんは、この状況を、意識下の次元で、immoralとして否定してしまったのですよ。

このような情景描写を、いわゆる第一級史料の中にもとめることはできません。『源氏物語』を歴史史料として読むゆえんが、ここにあります。いままでの歴史学は、夕顔と光源氏のいる部屋に、誰か別の人物がいたか、いないかなど、そもそも問題にしませんでした。問題を見出す度量がなかった、ともいえるでしょう。「宇治十帖」では、どちらの男になびこうか、というときに、女房たちの意見がもとめられるようですが、なにもかも知っているからこそ、お姫様の撰択に口出しすることができるのです。この伝統は、たぶん、かなりのちにいたるまで継承された可能性が小さくありません。Waley さんの知識と感覚をもってすれば「参り寄れり」というのは、側から這いずってきたのである、と理解されたはずです。ところが二十世紀の欧米人としての Waley さんのモラルは、その解釈をはねつけて came at once という訳語を選ばしめたのであります。

「渡殿なる宿直人おこして、紙燭さして参れ、と言へ」と宣へば「いかでかまからむ。暗うて」と言へば「あな若々し」とうち笑ひ給ひて、手をたゝき給へば、山びこのこたふる声いとうとまし。人、え聞きつけで参らぬに、この女君、いみじくわななきまどひて「いかさまにせむ」と思へり。汗もしとゞになりて、われかの気色なり。(中略)「われ人を起こさむ。手たゝけば、山びこのこたふる、いとうるさし。こゝにしばし近く」とて、右近を引き寄せ給ひて、西のつま戸に出でて、戸をおしあけ給へれば、渡殿の燈も消えにけり。

寝殿造りの様式は、ごく大まかなところを申し上げますと、池をはさんで向かい合った寝殿と対の屋を廊がつないで長方形をつくり、左右の辺の真ん中に渡殿が設けられる、そんな風に説明することができるでしょう。寝殿内部の状況は、基本的に一部屋でありまして、几帳や屏風をいくつも使って小さな空間を作り出すのです。「夕顔」の、この場面では、寝殿の奥のほうに光源氏と夕顔と右近がいる。対屋に、院のあずかり（別荘の管理人）の家族がおり、西側の渡殿に、光源氏の従者たちが休んでいる、そんな状況であります。光源氏くらいの身分になりますと、このような院（別荘）を四つも五つも持っているらしいのです。いつもわたくしは思うのですが、掃除はどうするのでしょうか（笑）。『枕草子』を見ますと、中宮定子は、物忌みだ、方違えだといって、何十人もの女房をともなって、ふだん使っていない建物で夜を明かしたりするのですよ。

「手をたたき給へば、山びこのこたふる声、いとうとまし」という描写は、平安朝の貴族たちが、反響音を嫌っていたことを示します。おそらく、自分の声がもどってくるのは、一種の「いきすだま」と見なされたのでしょう。史料として文学作品を読む場合、作者が意図的に伝えようとするstoryの側面よりも、むしろstoryと直接関わらない、いわばdetailに着目することが多くなるようです。たとえば、次の「汗もしとどになりて、われかの気色なり」によって、われわれは、この時代の人々が、発汗という生理的現象を「もののけ」と密着させてとらえていたことに気がつくのであります。ただし平安朝の宮廷人は、汗をかくのをおそれて、寝殿の中にとじこもっていたとは必ずしも申せません。醍醐天皇の、いわゆる延喜の治とよばれる時代のことですが、天皇家の出である、六十いくつの上級貴族（公卿）が、狩猟の最中、誤って馬ごと泥沼の中に乗り入れてしまい、そのまま行方知れずになっております。平安京の、とくに南の郊外は湿地帯がひろがり、危険な沼沢地に満ちておりました。そのような場所を、六十才をすぎた貴族（源光といいます）が、狩装束に身を固め、馬を走らせていたのです。光源氏のモデルであったかも知れない人のこの悲劇的な最後は、ながいあいだ語り継がれたらしく、藤原定家の日記にも、父俊成から聞かされた話として、書きとめられております。

風すこしうち吹きたるに、人は少なくて、さぶらふ限り、みな寝たり。この院の預りの子、むつまじく使ひ給ふ若きをのこ、またうへわらはひとり、例の随身ばかりぞありける。召せば、御こたへして起きたれば、「紙燭さして参れ。随身も弦打ちして絶えずこわづくれと仰せよ。人離れたる所に心とけて寝ぬるものか。惟光の朝臣の来たりつらむは」と問はせ給へば、「さぶらひつれど、おほせごともなし。あかつきに御迎へに参るべきよし申してなむ、まかで侍りぬる」と聞ゆ。この、かう申すものは滝口なりければ、弓弦いとつきづきしく打ち鳴らして、「火あやふし」と言ふ言ふ、預りが曹司のかたにいぬなり。内をおぼしやりて、「名対面はすぎぬらむ。滝口の宿直申し今こそ」とおしはかり給ふは、まだいたうふけぬにこそは。

光源氏の従者は、何人でしょうか。「この院の預りの子、むつまじく使い給ふ若きをのこ」これが一人目ですね。この男の親が管理人をしている別荘なら、大丈夫だろう。そんな気持ちがあります。「うへわらは」は、上童と書き、紫宸殿に詰めて光源氏の身の回りの世話をする少年、これが二人目です。「例の随身」というのは、近衛府の下級職員のことを意味します。光源氏は、この時点で、すでに近衛府の次官（中将）になっておりますから、いわば付人として近衛の舎人がつきしたがっているのであります。ボディガードの役割を期待されているのですが、武士とは別系統の存在といえましょう。ちなみに、鎌倉時代になりますと、上皇（天皇家の家長）が見守る中、まず六波羅の武士たちが射藝を競い、次いで随身の中から名手をよりすぐって競馬がおこなわれました。新日吉社の境内で、五月中旬に催される、この儀式は、たいへん重要な意味合いをもっていたようでございます。光源氏が、はじめて夕顔をかいま見たとき、この随身は軒先の花を折り取って捧げました。「例の」という形容詞が使われているのは、そんな理由からなのです。さて、ここのところを、Waley さんは、どのように訳されたでしょうか。

There were indeed only the steward's son (the young man who had once been Genji's body-servant), and the one young courtier who had attended him on all his visits.

如何でしょうか。the steward を「預」、one young courtier を「上童」の訳語と考えて下さい。渡殿で休んでいたのは、管理人の息子である。この管理人の息子は、かつて光源氏の　body-servant

だったことのある若い男である。そしてもう一人は、光源氏が外出するとき on all his visits いつもつきしたがう若い廷臣 courtier である。如何ですか。Waley さんの訳では二人の従者になっているのですよ。これはあきらかな「誤訳」といわなくてはなりません。the steward's son 院の預りの子が、かつて、光源氏の body servant をつとめていたことがある。Waley さんは、院の預りの子と随身をくっつけて一人にして、上童を the one young courtier と訳したことになりますが、who had attended him on all his visits という courtier の修飾句にも、随身の意味合いがこめられているような印象があります。『源氏物語』の文体について、おおかたの日本人より、はるかに的確な読解力を備えた Waley さんが、どうしてこんな錯誤をおかしてしまったのでしょうか。

光源氏のよびかけに気がついて、かれらは闇の中で起き上ります。対の屋へ行き、あかり（紙燭）をもらって寝殿の方に来てくれ。光源氏はそのようにいいつけました。「つるうち」というのは、弓の弦を鳴らす、いわゆる鳴弦のことであります。もののけに襲われたときは、太刀を抜き、弓弦を鳴らすんですよ。鳴らす人が、弓が上手ければ上手いほど効果があるのでして、宮廷社会に武士が入り込む必然性を、ここの叙述の中にも見出すことができます。すこし時代は下りますが、天皇をなやます怪鳥を、武士がただ一筋の矢で仕止めた、という説話がありますよね。歴史学の立場で申しますと、あのお話は、王朝がなぜ武士を必要としたかを物語る史料なのでありますす。「夕顔」の叙述に立ちもどって申し上げますと、近衛府の下級職員は、つねに弓をもって上級貴族に従っていた、ということがわかります。フィクションであっても、いわゆる detail は、当時の風俗を写し取っているのですからね。

'Come with a candle', he said to the steward's son, 'and tell my man to get his bow and keep on twanging the string as loud as he can.'

これは、「紙燭さして参れ、随身もつるうちして絶えずこわづくれと仰せよ」に対応する、Waley さんの訳です。寝殿で何が起こったか、光源氏は絶対言いません。言えば、たいへんなことになります（理由は、このお話の最後のところで述べることにします）。そういうことは、この程度の身分の従者には洩らさない方がよい、という判断がはたらいているのです。如何でしょうか。my man は私の部下、twanging は弓の弦を鳴らす意味ですよね。光源氏は、院の預りの子にいいつけた。「私の部下に伝えなさい。弓をとれ。そして、できるだけ高らかに弦を鳴らせ、と」。Waley さんの錯誤は、実に、このセンテンスから生じた、といえるでしょう。

my man は随身を意味します。「弓をとれ」といっているのですからね。Waley さんは、原文「随身もつるうちして絶えずこわづくれと仰せよ」を「随身につるうちして絶えずこわづくれと仰せよ」と読んでしまったのでしょう。随身はどこか離れたところにいる。したがって渡殿で休んでいた従者は二人でなければならない。Waley さんの論理は、それ自体としては正確でした。が、出発点に錯誤があった。光源氏は、本人のまえで、三人称を用いたのであります。

間違いなく随身は、現場におりました。「惟光の朝臣の来たりつらむは」という光源氏の問いに「まかで侍りぬる」とこたえたものを、紫式部は「かう申すものは、滝口なりければ」と書きます。「滝口」というのは、内裏の庭を警固する武者のことで、この時代はまだ武士ではなく、近衛府の下級官人が兼ねていた可能性があります。直後、かれは、弓弦をつきづきしく打ち鳴らしながら、管理人のいる方へ向かうのですから、紫式部のいう「滝口」が随身であることは確実、と申せましょう。何故、光源氏は、すぐ目の前の闇の中にひざまずいているはずの随身に三人称を用いたのでしょうか。おそらく、天皇の子であり、近衛府の次官である光源氏は、随身に直接語りかける慣習をもたなかったのであります。警固役として、いつも身辺近くにつきそっているのですけれども、ふだんは、より高位のもの（たとえば院の預りの子）を介して命令を伝え、そうでない場合は、光源氏のひとりごとを随身が耳にする、そのような形がとられたのではないでしょうか。しかし、もののけの襲来は緊急事態であります。光源氏は、暗闇の中で、とっさに随身に向かって命令を下した。ただし、無意識のうちに、院の預りの子へ語りかける口調になっていた。そんな風にわたくしは想像いたします。歴史畑のものは、人と人の意思疎通のありかたを、もっと具体的に、かつ綿密に、今後追い求めてゆかなくてはなりません。『源氏物語』をはじめとする文学作品の中に、史料を見出す努力が求められるゆえんであります。

日たかくなれど、起き上がり給はねば、人々あやしがりて、御かゆなどそそのかし聞ゆれど、苦しくて、いと心ぼそくおぼさるゝに、内より御使ひあり。きのふえ尋ね出で奉らざらしより、おぼつかながらせ給ふ。おほい殿の君達参り給へど、頭の中将ばかりを、「立ちながら、こなたに入り給へ」と宣ひて、みすのうちながら宣ふ。「めのとにて侍る者の、この五月のころほひより重くわづらひ侍りしが、かしらそり忌む事うけなどして、そのしるしにや、よみがへりたりしを、このごろまたおこりて、弱くなむなりにたる、今ひとたびとぶらひ見よ、と申したりしかば、いときなきよりなずさひし者の、いまはのきざみに、つらしとや思はむ、と思う給へてまかれりしに、その家なりける下人の病しけるが、俄に出であへでなくなりけるを、おぢ憚りて、日を暮らしてなむ取り出で侍りけるを、聞きつけ侍りしかば、神わざなるころいと不便なる事と、思う給へかしこまりて、え参らぬなり。この暁より、しはぶきやみにや侍らむ、かしらいと痛くて、苦しく侍れば、いと無礼にて聞ゆること」など宣ふ。

光源氏懸命の介抱にもかかわらず、夕顔は空しくなってしまいます。もっとも信頼する、乳母子の惟光に助けられて、光源氏は夕顔のなきがらを東山の寺に送り、自分は二条の邸にもどるのですが、父天皇の召しにもかかわらず、かれはこの邸のおくふかく、ひきこもってしまうのです。愛人を失った悲しみのゆえでしょうか。現在の読者、とくに現代語訳を読む方は、そのように解釈なさるでしょうが、それは違います。違う、と申し上げるのは極端かも知れませんね。半分は正しいけれども、半分は間違っています。夕顔への愛惜の念は、光源氏の心の半ばしか占めておりません。

平安時代の読者は、このへんの叙述を読んでドキドキしたはずです。それは、夕顔が死んだからではないのです。もののけが恐しいからではないのです。かれらは、光源氏の立場に自分を置いて、さてどうするか、と思い悩んだのであります。つまり、夕顔の死をみとった光源氏は、当分のあいだ、内裏にもどることができない。内裏に催されるさまざまな儀式や御遊（音楽会）に加わることができないのです。われわれの過去の世界を支配しておりました「穢」に対する忌諱が、光源氏を苦しめます。平安朝の人々の心に「穢」は、怨霊におとらぬほどの重みをもってのしかかっていたのであります。『源氏物語』の作者は、時代を支配する、この禁忌を、主人公をしめつける「くさび」として使いました。夕顔の死は、おそらく三ケ月の物忌みを光源氏に強いたでしょう。光源氏が夕顔をともなって別荘へ赴いたのは八月十五日。十一月の中旬には、内裏の年中行事の中でも最も華やかな儀式のひとつ、豊明の節会がひかえているのです。光源氏は内裏に住んでおりました（父天皇の寵愛のしるしです）。天皇は光の不在に既に苛立ち、呼び戻すべく使を発しているのです。何とか事実を隠してこの秋冬のシーズンを乗り切らなくてはならない。その焦慮（そればかりではありませんけれど）が、光源氏を動転させているのであります。

中世の読者は、光源氏の陥った窮状を、はっきりと理解することができました。彼らの日常生活に「穢」の禁忌がふかく食い込んでいたからです。今日から見て、その状況は、まったく無惨でありまして、室町時代が終わりにさしかかるころになっても、京都の貴族の家では、死に瀕した使用人を邸の外に出しております。このような慣習が『源氏物語』の時代、すでに広くおこなわれていたことはあきらか、といえましょう。使者としてやってきた頭中将に対し、光源氏は「見舞いに行った先で下人が急死してしまいました。取り出すのが遅れたため、私はこのような状況であなたにお会いせざるを得ないのです」と言います。これは、今日の感覚をもってすれば残酷きわまる内容でありますが、平安朝の人々は、まだ十七歳の青年が、よく考えついたものだ、と感心したかも知れないのです。

ところで皆様、「夕顔」のこのくだりをお読みになって、お気づきになられましたでしょうか。二条院にこもる光源氏を見舞うべく、「おほい殿の君達」つまり左大臣の子息、葵上の兄弟たちが訪れる。光源氏としてはかれらに「穢」をうつさぬよう、つとめねばなりません。何故、頭中将を呼び入れたのでしょうか。立ったまま御簾をへだてて会えば「穢」の伝わる程度は軽くなる、と考えたのかも知れません。が、頭中将と夕顔は、他人ではなかったのです。頭中将と夕顔との間に生まれた女子は、のちに「玉鬘」と呼ばれて重要なキャラクターになります。おそらく「夕顔」を書いた時点で、「玉鬘」の話が漠然とではあるにせよ、形をなしつつあったのでしょう。もちろん、光源氏は、物語のこの時点で、頭中将と夕顔との関係に気づいておりません。けれども、結果的には「穢」の及ぶ範囲を最小限にくいとめたことになりましょう。恐るべき構成力であります。序盤の駒組みに、寸分の狂いもない、というところでしょうか。それでは、今日のお話はこれで終わりにします。長時間おつきあいくださいまして、ありがとうございました（拍手）。

「源氏物語絵巻」を読み解く
――蓬生・関屋段をめぐって――

稲本万里子

『源氏物語』を絵によって表わした源氏絵は、物語の成立から間もなく作り始められたと考えられている。現代に至るまで、絵巻、扇面、色紙、屏風、さらには、挿絵、マンガなど、さまざまなかたちで表現されてきたが、初期の作品の多くは失われ、現存する最古の遺品は十二世紀に制作された国宝の「源氏物語絵巻」である。この絵巻は、徳川黎明会と五島美術館にその大部分が所蔵されているところから、徳川・五島本と呼ばれている。絵巻の詞書は物語のたんなる抜き書きではなく、絵も物語の内容をそのまま表わしたものではない。詞書は物語をどのように改変し、絵は物語や詞書とどのような違いを生じているのか。本稿では、蓬生・関屋段の二場面を取り上げる。物語に登場する二人の女性―末摘花・空蟬―は、絵巻のなかで、いったいどのように表象されているのだろうか。

1　徳川・五島本「源氏物語絵巻」の概要

「源氏物語絵巻」の構成

この絵巻は、江戸時代より尾張徳川家に三巻、阿波蜂須賀家に一巻の絵巻として伝わり、現在、徳川家伝来の十五段分の詞書と絵（蓬生段・関屋段・柏木第一段～第三段・横笛段・竹河第一段～第二段・橋姫段・早蕨段・宿木第一段～第三段・東屋第一段～第二段）と一段分の詞書（絵合段）が徳川黎明会に、蜂須賀家伝来の四段分の詞書と絵（鈴虫第一段～第二段・夕霧段・御法段）が五島美術館に所蔵されている[*1]（徳川・五島本「源氏物語絵巻」現存諸段一覧表192頁参照）。また、若紫段の絵断簡が新たに発見され[*2]、計二十段分の詞書と絵が明らかになった。その他、詞書の一部が手鑑などに遺され、八葉の詞書断簡（若紫段・末摘花段・松風段・薄雲段・少女段・螢段・常夏段・柏木第一段）と一葉の詞書断簡の模本（柏木第一段）の存在が知られる。現在では、保存のために巻子装を解かれ、詞書は二紙毎、絵は一段毎に切りはなされ、桐箱のなかに収められている。

「源氏物語絵巻」の技法と表現法

絵巻の詞書は、金銀の切箔や不定形箔、野毛や砂子によって装飾されたほぼ正方形の美しい料紙を一紙～八紙継ぎあわせ、その上に、物語の一部が流麗な仮名文字で記されている。[*3]絵は、四十八㎝前後（一尺六寸）と三十九㎝前後（一尺三寸）の二種類の長さの料紙が用いられ、濃彩の「つくり絵」という技法によって描かれている。*4 これは、薄墨で引かれた下描きの線を塗りつぶすように絵の具を厚く塗り、人物の輪郭や顔の目鼻を濃い墨線で描き起こす技法である。物語はおもに貴族の邸宅のなかで展開するが、室内は屋根や柱、長押などを取り除き、高い視点から覗き込むような構図（吹抜屋台）で描かれ、やや大きめの人物の顔は、細い目と柔らかに煙るような眉、くの字形の鼻、小さな口を描き（引目鉤鼻）、当時の貴族にとって理想的な美男美女を表わす抽象性と、鑑賞者の感情移入を助けるための普遍性をもたせた顔に表現されている。詞書の書風や料紙装飾の技法、絵の表現法から、絵巻は十二世紀の白河院あるいは鳥羽院のサロンで制作されたと考えられている。絵巻の制作者は、物語のなかから詞書を抄出して能書に依頼し、その情景に対応する絵を絵師に依頼したのであろう。詞書の書風と絵の画風による組みあわせから、

若紫段、末摘花段 ― 詞書第Ⅲ類・絵C
蓬生段〜松風段 ― 詞書第Ⅱ類・絵D
薄雲段〜常夏段 ― 詞書第Ⅴ類・絵欠
柏木段〜御法段 ― 詞書第Ⅰ類・絵A
竹河段、橋姫段 ― 詞書第Ⅳ類・絵B
早蕨段〜東屋段 ― 詞書第Ⅲ類・絵C

少なくとも五つの制作グループの存在が明らかになり、上級貴族による分担制作が想定されている。[*5]特に、そのうちの柏木グループと呼ばれる柏木・横笛・鈴虫・夕霧・御法の五巻八段は、詞書・絵ともに最も優れた出来映えを示す一群であると、高い評価を与えられている。なお、江戸時代に絵の作者を藤原隆能と伝えていたことから、「隆能源氏」と呼ばれることもあるが、藤原隆能であるとの確証はなく、呼称としてはふさわしくない。

柏木〜御法段の情景選択法

秋山光和氏の研究によれば、二十段のうち徳川黎明会に所蔵される柏木第一段〜第三段、横笛段と五島美術館に所蔵される鈴虫第一段、第二段、夕霧段、御法段の計八段は、かつては連続した一巻をなしており、制作当初は『源氏物語』一巻から一〜三場面ずつ選び、全体で八十〜九十段を十巻程度にまとめた絵巻であったという。[*6]秋山氏はまた、この柏木〜御法段の情景選択法について、すぐれた計画性が認められることを論証している。すなわち、柏木〜御法巻の物語は二重の構造をとっており、第一の主題は「紫上―源氏―女三宮―柏木という関係における」「源氏晩年の宿命の悲劇」であり、第二の主題は「柏木の遺した妻落葉宮に対する彼の親友夕霧の恋情と、その結果起る夕霧と妻雲井雁とのトラブル」であるという。絵巻は、柏木・鈴虫・御法の六段で第一の主題を造形化し、横笛・夕霧の二段で第二の主題のうち、小野の「山荘における夕霧と落葉宮は、舞台が風情に富み詩的なだけに、かえって主要なテーマをまぎらし、甘くする危険がある」ため、「舞台を夕霧の家庭内にしぼり込み、夫の心移りに対する妻の嫉妬という小さなテーマを反復させている」というのである。さらに、「源氏晩年の宿命の悲劇」という主要なテーマを描く六場面には四十八cm前後の長い料紙が、「夕霧と雲居雁の夫婦喧嘩」という挿話的な二場面には三十九cm前後の短い料紙が使い分けられていると論じている。けれども、横笛と夕霧の両段は、「家庭内の小事件を、一種のおかしみさえまじえて描き出した」「幕間狂言的な効果」をもつだけの場面なのだろうか。肌を見せて立ち上がる雲居雁とそれをうかがう女房の姿から、「貴族の妻はこのような行動を慎まなければならない、そして、どのような言動も女房たちに見聞きされている」という教訓的なメッセージを読み解くことが可能になるのである。[*7]

絵巻のなかには、『源氏物語』に登場するイメージとは微妙に異なる女性たちが描かれている。それは、紫式部の作り上げた物語の枠組みを借りて、絵巻を作らせた院や女院、天皇や貴族たちの物語観が入り込んでいるからである。彼らはいったいどのように物語を解釈したのか。また、物語の女性たちをどのような女性と解釈したのか。そして、絵は、物語の枠組みを超えて、当時の鑑賞者に対して、どのようなメッセージを発信していたのだろうか。本稿では、蓬生・関屋段を例に、物語や絵巻の詞書といった文字テクストと絵の微妙な差異から、絵巻の制作者が『源氏物語』をどのように解釈していたのか、末摘花と空蟬をどのような女性と解釈していたのか、そして、物語の枠組みを使って何をうったえているのか読み解いてみることにする。

2　蓬生・関屋段の詞書と絵

蓬生段の詞書と絵

源氏の須磨流離後、常陸宮邸は荒廃、宮家は困窮し、末摘花は叔母の報復に苦しんでいた。帰京した源氏は、花散里訪問の途中、偶然末摘花を訪ねる。ふたりが再会するくだりは、この巻のクライマックスである。詞書では、荒れ果てた常陸宮邸の前を通りがかった源氏が、松にかかる藤の花を見て、かつてこの屋敷の姫君のもとに通っていたことを思い出す。そして、惟光に様子をうかがわせ、生い茂る蓬の露を払わせながら、荒れ果てた庭の奥へ進んでいくところが抄出されている。

はじめに、蓬生段の詞書を物語本文と比べてみよう（本文・詞書対照表194頁参照）。詞書は物語本文を思いきって省略している。まず、「きこえ」（表a）「対の上に御暇聞こえて」（表a′）「昔の御歩き思し出でられて」（表a″）は、別伝系の末摘花物語を本伝系の物語のなかに位置づけたことばであり、それを取り除くことで、蓬生段の詞書を短編物語に仕立て直しているという。[*8] そして、風、かをり、橘という花散里を連想させることば（表b）を除き、末摘花の唯一の相談相手であった侍従の名（表e e′）を出さないことで、登場人物を整理している。さらに、源氏と惟光の問答（表c）と惟光と老女房の問答（表f）を大胆に削除することで、末摘花訪問のくだりを簡略にし、ただひたすらに源氏を待つ末摘花の様子(表d)と末摘花を訪ねることへの源氏のためらいの気持ち(表g)を大幅に削除することで、末摘花に対する源氏の想いに焦点を絞っている。

源氏の訪れを暗示する末摘花の夢の部分(表d)が省略されたことについて、堀内祐子氏は、「二人の再会成立の要因から故宮の因縁を除き、源氏が自分から末摘花訪問を決意した点を強調しようとした制作者の意図」[*9]によるというが、別の見方をすれば、末摘花の内面的な成長が感じられる唯一の部分を削除することで、詞書は末摘花にまったく焦点をあてていないともいえるだろう。そして、末摘花を訪ねることへの源氏の躊躇(表g)は、柳町時敏氏の説くように、感動的な再会の場にあっては「不都合な夾雑物」であり、それを除くことで、詞書は、蓬生巻の一場面を素材としながらも、男女ふたりの感動的な再会の場という世界を作り上げているのだろう。[*10]しかし、それはいったい誰にとっての感動的な再会なのだろうか。「不都合な夾雑物」を取り除いた再会とは、末摘花ではなく、あくまでも源氏にとっての感動的な再会なのである。詞書は、源氏にとって都合のよい物語として再構成されている。

以上のような大胆な省略を行なうことによって、詞書は、末摘花を不憫に思い、自身の薄情な心を自認せずにはいられなくなった部分と、

たづねてもわれこそとはめ道もなく深き蓬のもとの心を

の独詠歌が直接つなげられ、末摘花に対する源氏の心情が強調されることになった。[*11]けれども、謳い上げられた源氏の心情に比べ、「例ならず世づきたまひて」詠まれた末摘花の歌は省略されて

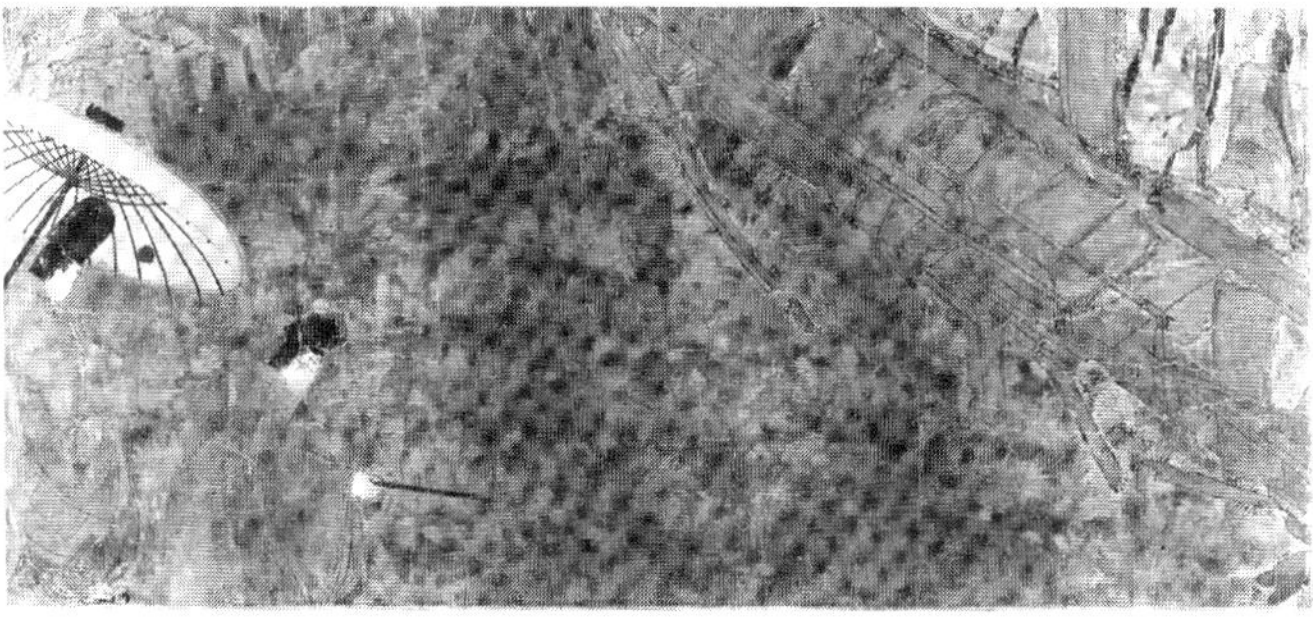

図1　徳川・五島本「源氏物語絵巻」蓬生段　絵

いる。〈世づく〉[*12]末摘花の存在は、完全に疎外されているのである。源氏と惟光の主従は、詞書から消し去られた空虚なる末摘花に向かって進んでいく。

それでは、この場面の絵は、どのように表わされているのだろうか。まず、画面右上には常陸宮邸の建物が描かれている（図1）。屋台の線が画面を斜めに区切り、朽ち果てた簀子と高欄には雑草が生えている。御簾の合間に身を寄せ、几帳をつかむ女性は、鼻の隆起を見せ、髪を束ねているところから、最後まで姫君に仕えていた老女房であろう。画面左下には、傘をさしかけられた源氏が、鞭を手に露を払う惟光に先導され、蓬の生い茂る庭を右手に歩んでいく。今は剥落のため見る影もないが、当初は色鮮やかな緑の蓬が描かれていたと推定される。源氏と惟光の上方には、松にかかる藤の花が見える。

松と藤の花は、源氏が末摘花を思い出す契機として登場した花木であると同時に、「げに木の下露は、雨にまさりて」という惟光のことばを表わすモチーフでもある。さらに、画面右端に描かれたモチーフが、惟光に窮状をうったえた老女房でありながら、その惟光は、既に、画面の左端で源氏の手引きをしている。つまり、画面の両端では、異なる時間が表わされているのである。蓬生段の絵は、深い蓬を分け入って末摘花を訪ねる源氏の、その一瞬の情景をとらえた画面のように見えながら、実は、物語のいくつかの時間を複合し、ひとつの画面にまとめ上げたものと分析されている。[*13] さらに、露を払いながら進んでいく源氏主従と荒れ果てた常陸宮邸を描く蓬生段の絵は、後世の源氏絵のほとんどに選択される典型的な図様である。しかも、画面は、人物と建物のモチーフを右上と左下に思いきって引き離し、中央に蓬の生い茂る庭を描くという大胆なデフォルメがなされている。これらのことから、蓬生段の図様は絵巻が制作される以前に既に成立しており、この絵は先行図様の再活性化[*14]であったといえるだろう。

改めて画面を見ると、ここには、老女房の姿はあっても、肝心の末摘花の姿が描かれていないことに気づく。老女房は惟光との関わりにおいて登場するモチーフであり、御簾越しの声しか聞こえない老女房の姿がここに描き込まれたのは、源氏の訪問に至るまでに、惟光が力をつくしたことを強調するためであったのだろう。蓬の生い茂る庭と異なる時間という時空を超えて、惟光は源氏を助けるのである。そして、詞書から消し去られた末摘花は、絵のなかでも抹消されている。源氏が訪ねるのは、身体を喪失した女なのである。源氏主従は、不在の末摘花に向かって進んでいく。絵のなかでは、末摘花が実在していようがいまいが、もはや何の関係もなく、零落した姫君を訪ねる源氏と、それを助ける惟光のみが重要なモチーフとしてクローズアップされる。

しかも、デフォルメされた画面の左端に描かれた源氏は、右から左へという絵巻の流れにはばまれ、常陸宮邸にたどりつくことができない。むしろ、この絵は、源氏がたどりつくことを想定していないのかもしれない。

関屋段の詞書と絵

次に、関屋段を見てみよう。関屋巻は、源氏と空蟬との恋の後日譚であり、そのクライマックスは、石山詣に出かける源氏と、夫常陸介に従って上京した空蟬が、逢坂山にて偶然巡り逢うシーンである。十二年ぶりに再会したふたりであったが、今をときめく源氏と一介の受領の妻である空蟬は、通いあわない想いを胸に、行き別れるのであった。

詞書は、ふたりの再会の部分を抄出しているが、夫とともに常陸に下り、源氏の須磨流離を伝え聞きながらも、どうすることもできなかった空蟬の身の上（表h）と、京に上る常陸介一行の華やかな行列や、石山詣に向かう源氏の行列を通すために、車から降りて控える様子（表i）を省略することによって、源氏の帰京以降の物語として関屋段の詞書を再構成し、源氏と空蟬の邂逅そのものに焦点を絞っている。

この省略によって、詞書は、逢坂山の紅葉と従者たちの狩衣が色とりどりに美しい様子を描写し、小君を介して贈られた源氏の消息に対する空蟬の独詠歌で結ばれる。

　行くと来とせきとめがたき涙をや絶えぬ清水と人は見るらむ

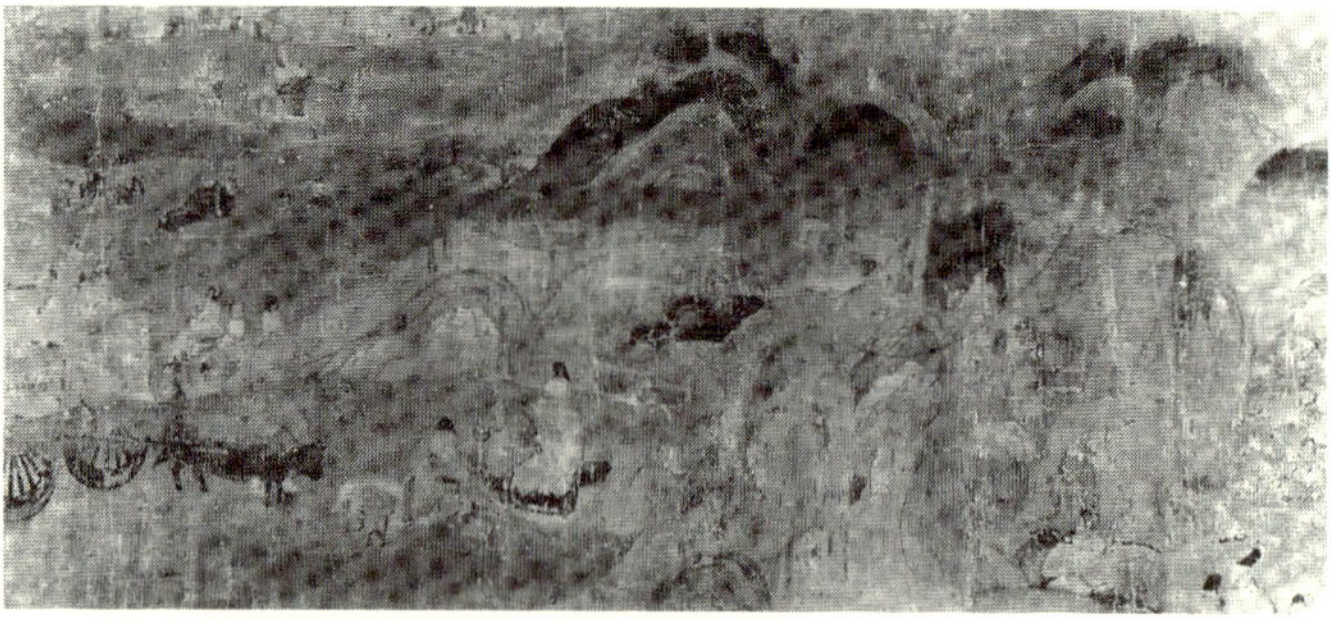

図2　徳川・五島本「源氏物語絵巻」関屋段　絵

の歌は、「雑踏の関所風景に、源氏にも理解されない己が孤心を封じ込めた歌」[*15]であるという。源氏は、人目も多く、はばかられるので、一通りにしかことづてができない。空蝉も自分の気持ちが源氏には理解されないと思う。ふたりの気持ちはすれ違うばかりである。詞書では、美しい逢坂山の風景のなか、源氏と空蝉の相まみえることのない再会を表わしている。

この空蝉の歌や、源氏と空蝉が逢坂の関で再会する話には、

これやこのゆくも帰るも別れつつしるもしらぬもあふさかの関　　蝉丸
（『後撰和歌集』雑一）

の古歌が投影されているという。詞書が古歌の引用であるならば、絵は既成の絵画―ここでは名所絵―の応用でもある。

画面には、遥かに琵琶湖を臨む逢坂山の山並みが描かれている（図2）。剥落が著しいものの、霞の上方、中央の同心円状の山には、紅葉の色がかすかに残っている。画面左上の琵琶湖の水面は銀色の輝きを見せ、湖を巡り、左下に向かってくる常陸介の一行が、霞の間

に見える。源氏の一行は、画面右下から、山間を見え隠れしながら、左手に進み、空蝉の乗る牛車と出会う。騎馬と徒歩で牛車につき従う人々は小さく描かれ、画面の中心となるのは秋の逢坂山の景観である。

秋山光和氏によれば、画面右側の山中には、関の明神の祠と鳥居、右端には、関の清水と思われる懸樋を見せて、歌枕にも名高い逢坂の風景であることを示しているという。右下の書き入れ文字は、現状では判読不能であるが、おそらく逢坂の関あるいは関の清水にちなんだ歌であり、この絵は、逢坂山の名所絵として、既に出来上がっていた図様のなかに、物語にあわせて人物を組み込んだものであるという。[*16]

既に出来上がっていた図様とは、当時「名ある所々の絵」などと呼ばれていた名所絵のことである。家永三郎氏の研究によれば、逢坂山を詠んだ屏風歌には、

　延長二年ひだりのおとどの北のかたの御屏風のうた十二首

君と猶千とせの春に相坂のし水は我もくまんとぞおもふ

（『貫之集』第二）

　屏風の絵にあふさかのせきかけるところをよめる　　小式部内侍

人もこえこまもとまらぬあふさかのせきはし水のもる名なりけり

（三奏本『金葉和歌集』第三）

ものにかくへきとて人のよまする三首

あふさかのせきにゆくたひ人あり霧たちわたる
逢坂のゆき丶も見えす秋霧のた丶ぬさきにそこゆへかりける

（『藤原家経朝臣集』）

などがあり、これらの屏風歌から想定される逢坂山の名所絵とは、関路を行く旅人を描いたもので、旅人の多くは騎馬であり、画面の一隅には、走井の清水が描かれていたかもしれないという。[*17]

逢坂山の山並みと遙かに琵琶湖を臨む景観のなかに、源氏と常陸介の一行を点在させる関屋段の絵もまた、蓬生段と同様に、既に成立していた図様の再活性化であるといえよう。

画面右側に描かれた源氏の一行は、右から左へという絵巻の流れとともに空蟬の牛車に近づいていく。けれども、ここには、空蟬は描かれていない。源氏の姿も定かではない。しかも、源氏と常陸介の一行のなかには男性の姿しか見えない。人物は小さく遠くに描かれ、姿を見せない空蟬は存在そのものが遠景化されているのである。それではなぜ、男性だけが描かれた戸外の景が選択されたのだろうか。源氏は、空蟬への消息のなかで、偶然の再会を「関迎へ」と言い換えている。源氏の「関迎へ」は、常陸介を迎えに来た息子紀伊守の行為を連想させるだろう。空蟬がかき消された画面は、任期を終えた国司が京に迎えられる場面と見ることも可能である。

ところで、任国に下向した国司を国府の官人らが国境で出迎え饗応する儀礼を「坂迎《さかむかえ》」という。「坂迎」は、また、社寺参詣から戻った者を出迎え饗応する境界儀礼でもあった。もとは、外界の人をその土地に迎え入れる儀式であったが、それが国司の出迎えと霊威を身につけた参詣者の出迎えに結びついたと考えられている。[18]関屋段は、帰京した常陸介と石山詣に出かける源氏が遭遇する場面である。しかし、空蟬の存在が消去された空間のなかでは、源氏の一行と常陸介の一行は交換可能なモチーフであり、この絵を、参詣者が帰国し、国司が下向する「坂迎」の情景と読み解くこともできる。「坂迎」の際には、酒食を伴う饗応が行なわれたという。そこに、かつて紀伊守の屋敷で、源氏に供出された空蟬の〈供犠としての身体〉[19]が想起される。ここでは、〈供犠としての身体〉は牛車のなかに秘められ、空蟬を交換するふたりの男たちの共犯関係が顕在化するのである。[20]

3 〈空白の身体〉末摘花・空蟬

蓬生・関屋段の特徴は、詞書の再構成と先行図様のアレンジであった。そこに描かれた中心的なモチーフは、人物ではなく、庭一面に生い茂る蓬や紅葉の美しい逢坂山といった自然景であった。[21]ここには、物語の女主人公であるはずの末摘花と空蟬は描かれていない。物語の蓬生巻は、末摘花の側に視点を置いて、源氏との別離の生活と再会とを述べるものであった。[22]しかし、蓬生段では、末摘花の心情を削除し、源氏の心情を謳い上げている。源氏は、語られることもなく描かれることもない末摘花の空虚なる身体に向かって進んでいくが、絵巻の流れにはばまれ、常陸宮邸にたどりつくことができない。また、関屋段では、源氏と空蟬の通いあわない心情に焦点があてられているが、絵のなかでは、空蟬の存在そのものが遠景化されている。
そもそも末摘花とは、そして空蟬とは、どのような女性だったのか。末摘花巻の末摘花が、鼻の赤い醜い女性として、「をこ物語」風に強調されているのに対し、蓬生巻の末摘花は、荒廃していく邸宅で、かたくなに何かを信じ、矜恃をもって生き抜く「家を守る女」であるという。[*23] そして、空蟬は、中の品に定まった我が身を嘆き、源氏を拒否する「自意識の強い女」であった。[*24] さらに、『無名草子』は、ふたりを「心強き人」と評している。家を守る女、中流の女、自意識の強い女、強情な女は、絵に描かれなかったのだろうか。「常陸」の名に縁をもつ末摘花と空蟬は、六条院の「美」の女性群とは別に、「醜」の女性として二条院に住み、源氏の色好みを完成させたという。[*25] ふたりは、まったくの偶然から、源氏と再会することになった女性である。しかし、絵のなかでは、源氏が再会するはずの女性でありながら、彼女たちの醜い身体は巧妙に避けられている。ここに表わされているのは、末摘花と空蟬の〈空白の身体[*26]〉なのである。

最後に、蓬生・関屋段の制作者についてふれておきたい。蓬生段の詞書と絵は、源氏と末摘花の再会というクライマックス直前のシーンが選択されていた。源氏と末摘花の再会を描いた京都国立博物館本「源氏物語画帖」の制作者が、観者を末摘花に共感させたい人物であったように、[*27] ここで、再会の直前のシーンが選択されたのは、蓬生段の制作者が源氏の心情に共感する人物であったからと推測することができる。

また、関屋段は、逢坂山の名所絵のアレンジであった。名所絵とは、特定の約束事を共有する人々が特定の連想によって鑑賞する絵画であったという。[*28] 名所絵を鑑賞することが、特定の約束事を共有していることを確かめあうことであるならば、名所絵とは、特定の約束事を共有しない人を排除する絵でもある。さらに、名所絵に物語性が付加される時、観者は、主人公とともに、絵のなかの名所を経巡る。[*29] 男性のみが描かれた空間のなかで、空蟬の〈空白の身体〉に向かって逢坂山を歩む源氏は、観者の姿でもあり、また制作者の姿でもある。関屋段を逢坂山の名所絵のように描かせた制作者と、名所絵を念頭に関屋段を鑑賞する観者は、ともに同じ価値観をもち、名所絵に共感することのできる人物であった。

蓬生・関屋巻を分担した制作者は、『源氏物語』をどのように解釈していたのか。蓬生・関屋段では、源氏の末摘花訪問のなかに惟光の助力が、源氏と空蟬の邂逅のなかに「関迎へ」と「坂迎」、源氏と常陸介の共犯関係が描かれていた。このなかで、末摘花と空蟬の存在は疎外されている。制作者にとって、蓬生・関屋段とは、『源氏物語』の枠組みを借りて、男性同士の連帯、そして男性社会の儀礼と女性の授受を表象するものであったのだろう。荒れ果てた邸宅で待ち続ける末摘花を訪れる源氏。身のほどをわきまえる空蟬と逢坂山にて巡り逢う源氏。その心情に酔いしれる人物に制作者像が結ばれる。

注

＊1　徳川・五島本の伝来については徳川義宣氏の論考に詳しい。徳川義宣「源氏物語絵巻の成立・伝来・模本・保存」（『国宝　源氏物語絵巻〈帙入本〉』解説）昭和四十六年三月、講談社。

＊2　秋山光和「『源氏物語絵巻』若紫図断簡の原形確認」（『國華』一〇一一）昭和五十三年五月。

＊3　徳川・五島本の料紙装飾については、佐野みどり『源氏物語絵巻』（『名宝日本の美術』一〇、昭和五十六年五月、小学館）、四辻秀紀「源氏物語絵巻の詞書料紙にみられる装飾について」（『金鯱叢書』一六、平成元年十月、徳川黎明会）参照。書については、名児耶明「源氏物語の古筆」（『源氏物語講座』七　美の世界・雅びの継承、平成四年十二月、勉誠社）、『隆能源氏』の詞書と十二世紀の古筆」（『古筆学叢林』四　古筆と絵巻、平成六年三月、八木書店）参照。

＊4　徳川・五島本の絵については秋山光和氏の論考に詳しい。秋山光和「源氏物語絵巻に関する新知見」（『美術研究』一七四）昭和二十九年三月、「源氏物語絵巻の構成と技法」と改稿され『平安時代世俗画の研究』（昭和三十九年三月、吉川弘文館）に所収。その他、秋山光和『王朝絵画の誕生―『源氏物語絵巻』をめぐって』（中公新書一七三、昭和四十三年十月、中央公論社）、「源氏物語絵巻について」（『新修日本絵巻物全集』二、昭和五十年八月、角川書店）などを参照されたい。

＊5　秋山光和前掲論文（注4）、佐野みどり前掲書（注3）、佐野みどり「源氏物語絵巻」（『源氏物語講座』七　美の世界・雅びの継承）平成四年十二月、勉誠社。佐野みどり「源氏物語絵巻の世界」（『風流　造形　物語―日本美術の構造と様態』）平成九年二月、スカイドア。

＊6　秋山光和「源氏物語絵巻の情景選択法と源氏絵の伝統」（『平安時代世俗画の研究』）昭和三十九年三月、吉川弘文館。

＊7　稲本万里子「『源氏物語絵巻』の詞書と絵をめぐって―雲居雁・女三宮・紫上の表象―」（『叢書

想像する平安文学』四　交渉することば）平成十一年五月、勉誠出版。

＊8　柳町時敏「『源氏物語絵巻』詞書の方法―「蓬生」段を中心に―」（『常葉国文』一一）昭和六十一年六月。その他、物語本文と詞書の対照については、玉上琢彌「隆能源氏絵詞『蓬生』鑑賞」（関西大学『国文学』一九、昭和三十五年十月）『源氏物語研究』（『源氏物語評釈』別巻一、昭和四十一年三月、角川書店）所収を参照した。

＊9　堀内祐子「『源氏物語絵巻』における場面選択について」（『学習院大学文学部研究年報』三三）昭和六十二年三月。

＊10　柳町時敏前掲論文（注8）参照。本稿脱稿後、柳町氏は前稿を修正し、末摘花についての記述が削除されたのは、「薄幸の女君のもとを訪ねるという源氏の行為」が重要だからであり、詞書は「女を訪う男」のひたぶるな行為を純的に語り上げるものとなっている」と論じている。「『源氏物語絵巻』の詞書」（久下裕利編『源氏物語絵巻とその周辺』）平成十三年四月、新典社。

＊11　堀内祐子前掲論文（注9）参照。

＊12　末摘花物語の軸には、〈世づかぬ〉女君から〈世づく〉女君への変換があるという。小嶋菜温子「「世づかぬ」女君たち―葵上・紫上から末摘花へ」（『むらさき』三三）平成八年十二月。

＊13　千野香織「日本の絵を読む―単一固定視点をめぐって―」（『物語研究』二）昭和六十三年八月、新時代社。

＊14　田口榮一「源氏絵の系譜―主題と変奏―」（秋山虔・田口榮一『豪華〔源氏絵〕の世界　源氏物語』）昭和六十三年六月、学習研究社。

＊15　新編日本古典文学全集『源氏物語』（小学館）二一―二六一頁、頭注二四。

＊16　秋山光和前掲論文（注4）参照。

＊17　家永三郎『上代倭絵全史』昭和二十一年十月、高桐書院。改訂版、昭和四十一年五月、墨水書房。改訂重版、平成十年十一月、名著刊行会。家永三郎『上代倭絵年表』昭和十七年二月、座右宝刊行会。改訂版、昭和四十一年五月、墨水書房。改訂重版、平成十年一月、名著刊行会。
＊18　『国史大辞典』（吉川弘文館）「坂迎」の項参照。
＊19　帚木巻では、紀伊守が酒肴をととのえ夜の支度をして源氏をもてなすが、そこに引用された風俗歌と催馬楽のワカメとアワビの言説は、酒肴を食材から女性の性的な身体喩に転位する。すなわち、空蝉の身体は、源氏に供出された〈供犠としての身体〉であるという。小嶋菜温子「空白の身体―空蝉と光源氏―」（鈴木日出男編『人物造型からみた『源氏物語』』）平成十年五月、至文堂。
＊20　男性同士のホモソーシャルな関係とミソジニー（女性嫌悪）の連動については、大橋洋一『新文学入門』（岩波セミナーブックス五五、平成七年八月、岩波書店）参照。
＊21　蓬生・関屋段に続く絵合段は、詞書の書風から、蓬生・関屋段と同一グループに分類されている。失われた絵合段の絵には、どのような場面が描かれていたのだろうか。蓬生・関屋段の絵の特徴が自然景の表現にあるとすれば、絵合段にも自然景が描かれていた可能性があるだろう。この問題については稿を改めて論じたい。
＊22　坂本共展「源氏と末摘花」（森一郎編『源氏物語作中人物論集―付・源氏物語作中人物論・主要論文目録―』）平成五年一月、勉誠社。
＊23　長谷川政春「末摘花―「唐衣」の女君―」（『源氏物語講座』二　物語を織りなす人々）平成三年九月、勉誠社。
＊24　藤田加代「空蝉―人物造型の特異性―」（『源氏物語講座』二　物語を織りなす人々）平成三年

九月、勉誠社。

＊25　長谷川政春前掲論文（注23）参照。

＊26　空蟬の非身体性については、小嶋菜温子前掲論文（注19）参照。

＊27　京都国立博物館本「源氏物語画帖」は、近世初期に土佐光吉工房で制作された作品であるが、光吉の弟子長次郎によってつけ加えられた重複六場面の情景選択法と絵の表現法から、「屋敷の奥にいて男の訪れを待っていれば、物語のように幸せになることができる」という、身分の高い女性に向けて発信されたメッセージを読み解くことができる。稲本万里子「京都国立博物館保管『源氏物語画帖』に関する一考察―長次郎による重複六場面をめぐって―」（『國華』一二二三）平成九年九月。論文では、詞書筆者名から、近衛信尹が娘太郎君のために制作させたと推定した。

＊28　千野香織「やまと絵の成立」（『日本美術全集』八）平成二年八月、講談社。その他、名所絵については、千野香織「名所絵の成立と展開」（『日本屏風絵集成』一〇、昭和五十五年三月、講談社）、「春日野の名所絵」（『秋山光和博士古稀記念美術史論文集』平成三年七月、便利堂）、「建築の内部空間と障壁画―清涼殿の障壁画に関する考察」（『日本美術全集』一六、平成三年十月、講談社）、「障壁画の意味と機能―南北朝・室町時代のやまと絵を中心に」（『日本美術全集』一三、平成五年十月、講談社）参照。

＊29　稲本万里子「絵巻の霊場―遍歴する人々」（『日本の美学』二五）平成九年四月。

徳川・五島本「源氏物語絵巻」現存諸段一覧表

段名	詞書（紙数 書風）	絵（画面 縦×横cm 画風）	所蔵
若紫第一段		二一・一×二一・二 C	東京国立博物館
若紫第二段	断簡 Ⅲ類		福田家
末摘花段	断簡 Ⅲ類		書芸文化院
蓬生段	四紙 Ⅱ類	二一・五×四八・二 D	徳川黎明会
関屋段	二紙 Ⅱ類	二一・五×四七・二 D	徳川黎明会
絵合段	二紙 Ⅱ類		徳川黎明会
松風段	断簡 Ⅱ類		書芸文化院
薄雲段	断簡 Ⅴ類		旧前田家
少女段	断簡 Ⅴ類		某家
螢段	断簡 Ⅴ類		某家
常夏段	断簡 Ⅴ類		書芸文化院
柏木第一段	断簡模本 Ⅰ類		旧岸家
柏木第一段	断簡 Ⅰ類		書芸文化院
柏木第一段	三紙 Ⅰ類	二一・八×四八・三 A	徳川黎明会
柏木第二段	八紙 Ⅰ類	二一・九×四八・四 A	徳川黎明会
柏木第三段	二紙 Ⅰ類	二一・九×四八・一 A	徳川黎明会

横笛段	二紙	Ⅰ類	二一・九×三八・七	A	徳川黎明会
鈴虫第一段	三紙	Ⅰ類	二一・八×四七・四	A	五島美術館
鈴虫第二段	四紙	Ⅰ類	二一・八×四八・二	A	五島美術館
夕霧段	三紙	Ⅰ類	二一・八×三九・五	A	五島美術館
御法段	五紙	Ⅰ類	二一・八×四八・三	A	五島美術館
竹河第一段	三紙	Ⅳ類	二三・〇×四六・九	B	徳川黎明会
竹河第二段	八紙	Ⅳ類	二三・〇×四八・一	B	徳川黎明会
橋姫段	三紙	Ⅳ類	二三・〇×四八・九	B	徳川黎明会
早蕨段	二紙	Ⅲ類	二一・四×三九・二	C	徳川黎明会
宿木第一段	二紙	Ⅲ類	二一・五×三八・二	C	徳川黎明会
宿木第二段	二紙	Ⅲ類	二一・四×三七・八	C	徳川黎明会
宿木第三段	一紙	Ⅲ類	二一・五×四八・九	C	徳川黎明会
東屋第一段	三紙	Ⅲ類	二一・五×三九・二	C	徳川黎明会
東屋第二段	三紙	Ⅲ類	二一・四×四七・九	C	徳川黎明会

＊徳川黎明会の所蔵品は名古屋の徳川美術館で保管・展示されている。

本文・詞書対照表

蓬生（二―三四四〜三四九頁）

卯月ばかりに、花散里を思ひ出でaきこえたまひて、忍びて、a′対の上に御暇聞こえて出でたまふ。日ごろ降りつるなごりの雨すこしそそきて、をかしきほどに月さし出でたり。a″昔の御歩き思し出でられて、艶なるほどの夕月夜に、道のほどよろづのこと思し出でておはするに、形もなく荒れたる家の、木立しげく森のやうなるを過ぎたまふ。

大きなる松に藤の咲きかかりて月影になよびたる、b風につきてさと匂ふがなつかしく、そこはかとなきかをりなり。橘にはかはりてをかしければさし出でたまへるに、柳もいたうしだりて、築地もさはらねば乱れ伏したり。

蓬生詞書

卯月ばかりに、花散里を思し出でたまひて、忍びて、出でたまふ。日ごろ降りつるなごりの雨すこしそそきて、

艶あるほどの夕月夜に、道のほどよろづのこと思し出でておはするに、形もなく荒れたる家の、木立しげきを過ぎたまふ。

大きなる松に藤の咲きかかりて月影になよびたるに、

柳もいたくしだりて、築地もさはらねば乱れ伏したり。見し心地するかなと思すは、はや

見し心地する木立かなと思すは、はやうこの宮なりけり。いとあはれにておしとどめさせたまふ。例の、惟光はかかる御忍び歩きに後れねばさぶらひけり。c召し寄せて、「ここは常陸の宮ぞかしな」、「しかはべる」と聞こゆ。「ここにありし人はまだやながむらん。とぶらふべきを、わざとものせむもところせし。かかるついでに入りて消息せよ。よくたづね寄りてをうち出でよ。人違へしてはをこならむ」とのたまふ。

dここには、いとどながめまさるころにて、つくづくとおはしけるに、昼寝の夢に故宮の見えたまひければ、覚めていとなごり悲しく思して、漏り濡れたる廂の端つ方おし拭はせて、ここかしこの御座ひきつくろはせなどしつつ、例ならず世づきたまひて、

亡き人を恋ふる袂のひまなきに荒れたる

この宮なりけり。

例の、惟光はかかる御忍び歩きに後れねばさぶらひけり。

軒のしづくさへ添ふも心苦しきほどになむありける。

惟光入りて、めぐるめぐる人の音する方やと見るに、いささか人げもせず。さればこそ、往き来の道に見入るれど、人住みげもなきものをと思ひて、帰り参るほどに、月明くさし出でたるに見れば、格子二間ばかりあげて、簾動くけしきなり。わづかに見つけたる心地、恐ろしくさへおぼゆれど、寄りて声づくれば、いともの古りたる声にて、まづ咳を先にたてて、「かれは誰ぞ。何人ぞ」と問ふ。e名のりして、「侍従の君と聞こえし人に対面たまはらむ」と言ふ。「それは外になんものしたまふ。されど思しわくまじき女なむはべる」と言ふ。声いたうねび過ぎたれど、聞きし老人と聞き知りたり。

f内には、思ひもよらず、狩衣姿なる男、忍

入れて、たづねさせたまへば、めぐるめぐる入りて、人の音する方にやあると見るに、月明くさし入りたるに見れば、格子二間ばかりあげて、簾動くけしきなり。わづかに見つけたる心地、恐ろしくさへおぼゆれど、寄りて声づくれば、いともの古りたる声にて、まづ咳を先にたてて、「かれは何人ぞ」と言ふ。

声いたうねび過ぎにたれど、聞きし老人と聞き知りにけり。

びやかにもてなしなごやかなれば、見ならはずなりにける目にて、もし狐などの変化にやとおぼゆれど、近う寄りて、「たしかになむうけたまはらまほしき。変らぬ御ありさまならば、たづねきこえさせたまふべき御心ざしも絶えずなむおはしますめるかし。今宵も行き過ぎがてにとまらせたまへるを、いかが聞こえさせむ。うしろやすくを」と言えば、女どもうち笑ひて、「変らせたまふ御ありさまならば、かかる浅茅が原をうつろひたまはではべりなんや。ただ推しはかりて聞こえさせたまへかし。年経たる人の心にも、たぐひあらじとのみめづらかなる世をこそは見たてまつり過ごしはべる」と、ややくづし出でて、問はず語りもしつべきがむつかしければ、「よしよし。まづかくなむ聞こえさせん」とて参りぬ。

くづし出でて、問はず語りもしつべければ、「よしよし」とて、「まづかうなむと聞こえむ」とて参りぬ。

「などかいと久しかりつる。いかにぞ。昔の跡も見えぬ蓬のしげさかな」とのたまへば、「しかじかなむたどり寄りてはべりつる。e′侍従がをばの少将といひはべりし老人なん、変らぬ声にてはべりつる」とありさま聞こゆ。いみじうあはれに、かかるしげき中に、何心地して過ぐしたまふらむ、今までとはざりけるよ、とわが御心の情なさも思し知らる。g「いかがすべき。かかる忍び歩きも難かるべきを。かかるついでならではえ立ち寄らじ。変らぬありさまならば、げにさこそはあらめと推しはからるる人ざまになむ」とはのたまひながら、ふと入りたまはむこと、なほつつましう思さる。ゆゑある御消息もいと聞こえまほしけれど、見たまひしほどの口おそさもまだ変らずは、御使の立ちわづらはむもいとほしう、思しとどめつ。惟光も、「さらにえ分け

「などか久しかりつる。昔の跡も見えぬ蓬のしげさかな」とたまへば、「しかじかなむ」とありさま聞こゆ。いみじくあはれにて、かかるしげきの中に、何心地して過ぐしたまふらん、今までとはざりけるよ、とわが御心の情なさも思し知らる。

させたまふまじき蓬の露けさになむはべる。露すこし払はせてなむ入らせたまふべき」と聞こゆれば、

たづねてもわれこそとはめ道もなく深き
蓬のもとの心を

と独りごちてなほ下りたまへば、御さきの露を馬の鞭して払ひつつ入れたてまつる。雨そそきも、なほ秋の時雨めきてうちそそけば、「御かささぶらふ。げに木の下露は、雨にまさりて」と聞こゆ。

関屋（二―三五九～三六一頁）

h伊予介といひしは、故院崩れさせたまひてまたの年、常陸になりて下りしかば、かの帚木もいざなはれにけり。須磨の御旅居もはる

たづねてもわれこそとはめ道もなく深き
蓬のもとの心を

と独りごちてなを下りたまへば、御さきの露を馬の鞭してうち払ひつつ入れたてまつる。雨そそきも、秋の時雨めきてうちそそけば、「御かさにさぶらふ。げに木の下露は、雨にまさりて」と聞こゆ。

関屋詞書

かに聞きて、人知れず思ひやりきこえぬにしもあらざりしかど、伝へきこゆべきよすがだになく、筑波嶺の山を吹き越す風も浮きたる心地して、いささかの伝へだになくて年月重なりにけり。限れることもなかりし御旅居なれど、京に帰り住みたまひて、またの年の秋ぞ常陸は上りける。

関入る日しも、この殿、石山に御願はたしに詣でたまひけり。i京より、かの紀伊守などいひし子ども、迎へに来たる人々、この殿かく詣でたまふべしと告げければ、道のほど騒がしかりなむものぞとて、まだ暁より急ぎけるを、女車多く、ところせうゆるぎ来るに、日たけぬ。打出の浜来るほどに、「殿は粟田山越えたまひぬ」とて、御前の人々、道も避りあへず来こみぬれば、関山にみな下りゐて、ここかしこの杉の下に車どもかきおろし、木

京に住み帰りたまふて、またの年の秋ぞ常陸は上りける。

関入る日しも、この殿は、石山に御願はたしに詣でたまひけり。

隠れにゐかしこまりて過ぐしたてまつる。車などかたへは後らかし、前に立てなどしたれど、なほ類ひろく見ゆ。車十ばかりぞ、袖口、物の色あひなども漏り出でて見えたる。田舎びずよしありて、斎宮の御下り何ぞやうのをりの物見車思し出でらる。殿もかく世に栄え出でたまふめづらしさに、数もなき御前ども、みな目とどめたり。

九月晦日なれば、紅葉のいろいろこきまぜ、霜枯れの草むらむらをかしう見えわたるに、関屋よりさとはづれ出でたる旅姿どもの、いろいろの襖のつきづきしき縫物、括り染のさまもさる方にをかしう見ゆ。御車は簾おろしたまひて、かの昔の小君、今は衛門佐なるを召し寄せて、「今日の御関迎へは、え思ひ棄てたまはじ」などのたまふ。御心の中いとあはれに思し出づること多かれど、おほぞうにて

九月の晦日なれば、紅葉のいろいろこきまぜ、霜枯れの草むらむらにをかしく見えわたるに、関屋よりさとくづれ出でたる車、旅姿ども、いろいろの襖つきづきしき縫物、括り染のさまざまさる方にをかしく見ゆ。御車は簾うちおろしたまふて、かの昔の小君、今は衛門佐なるを召し寄せて、「今日の関迎へは、え思ひ棄てたまはじ」などのたまふ。御心の中いとあはれに思し出づることども多かれど、おほ

かひなし。女も、人知れず昔のこと忘れねば、とり返してものあはれなり。

行くと来とせきとめがたき涙をや絶えぬ
清水と人は見るらむ

え知りたまはじかしと思ふに、いとかひなし。

ぞうにてかひなし。女も、いにしへのこと人知れず忘られねば、物あはれなり。

行くと来とせきとめがたき涙をや絶えぬ
清水と人は見るらん

＊『源氏物語』の本文は新編日本古典文学全集本（小学館）によった。引用にあたり、全集本の分冊・ページ数を示した。詞書は新編日本古典文学全集本にあわせて適宜漢字に改め、句読点を打った。

『建礼門院右京大夫集』と『源氏物語』

谷　知子

1

建礼門院右京大夫は、平安末期に生まれ、平清盛の女建礼門院徳子のもとに出仕した女性である。宮中の様々な公達との交流がある中で、いつしか平重盛の男資盛と恋に落ちる。しかし、そんな華やかな宮廷生活も長くは続かず、治承、寿永の争乱を経て、平家は滅亡する。『建礼門院右京大夫集』は、右京大夫が愛する平家の人々の栄枯盛衰を、あくまでも私的な悲しみによって、自分や平家一門の人々の思い出を中心に書きつづった作品である。

家の集などといひて、歌よむ人こそ書きとゞむることなれ、これはゆめ〳〵さにはあらず。たゞ、あはれにも、かなしくも、なにとなく忘れがたくおぼゆることどもの、ある

をり〳〵ふと心におぼえしを、思ひ出でらるるままに、我が目ひとつに見んとて書きおくなり

我ならでたれかあはれとみづぐきのあともし末の世につたはらば　（一）

『建礼門院右京大夫集』の序文ともいうべき冒頭の部分である。右京大夫は、この書は決して「家の集」と呼ぶようなものではないと言う。つまり、歌の優劣という視点で読んでほしくない、私の体験した悲しみや喜びを「あはれとみ」てほしい、と言っているのだ。まず冒頭で作者は、後世の読者にこの書を読む姿勢を規定している。

こうした右京大夫の喜びや悲しみの主軸は、平資盛との恋愛と別れにある。平家の貴公子平資盛との恋は、人目をはばかる苦しいものであった。そのうえ、資盛は都落ちし、壇の浦にて戦死してしまう。この体験は、右京大夫にとって、とうてい宿命などということばで受け入れられるものではなかった。右京大夫は、資盛との出会いから別れ、さらに別れた後の日々を書きつづっている。それは、自分と資盛との関係、或いは自分の生を問い直す作業でもあったのかもしれない。

こうした資盛との関係を書きつづった歌の中に、『源氏物語』を摂取したものが散見される。『建礼門院右京大夫集』の『源氏物語』摂取は、資盛関連歌に集中していると言ってよい。平家文化圏において『源氏物語』が熱心に読まれ、政治や文化の面においてその再現が試みられていた

ことは夙に指摘がなされているところである。[*1] 右京大夫の父は、『源氏釈』という現存最古の『源氏物語』の注釈書を著した藤原伊行であり、この注釈書もそうした時代の要請の産物と考えるべきであろう。『建礼門院右京大夫集』を読んでも、右京大夫が『源氏物語』を読んでいたことは明らかである。右京大夫は、恋人資盛との思い出に『源氏物語』の場面を重ねあわせて歌を詠んだ。自分の実体験に『源氏物語』を重ねて詠むということにはどういう意味があったのだろうか。本稿では、『建礼門院右京大夫集』の資盛関連歌に見られる『源氏物語』摂取の方法を検証し、右京大夫にとっての『源氏物語』がもつ意味を考えてみたいと思う。[*2]

2

まず、資盛と恋に落ちたことが明かされる部分から見てみよう。

なにとなく見聞くことに心うちやりて過ぐしつゝ、なべての人のやうにはあらじと思ひしを、朝夕、女どちのやうにまじりゐて、見かはす人あまたありし中に、とりわきてとかく言ひしを、あるまじのことやと、人のことを見聞きても思ひしかど、契とかやはのがれがたくて、思ひのほかに物思はしきことそひて、さまぐ〵思ひみだれしころ、里にてはるかに西の方をながめやる、梢は夕日の色しづみてあはれなるに、またかきくらし

しぐるゝを見るにも

夕日うつる梢の色のしぐるゝに心もやがてかきくらすかな　（六一）

夕日の色が梢の紅葉に反映している風景に、時雨が訪れ、あたりが暗く閉ざされてゆくという、ある種の不吉さを感じさせる歌である。[*3] 暗く閉ざされてゆく風景に、自分の心を重ね合わせたこの歌は『源氏物語』薄雲巻の藤壺死去のくだりに似る。

をさめたてまつるにも、世の中響きて悲しと思はぬ人なし。殿上人などなべて一つ色に黒みわたりて、ものの栄なき春の暮なり。二条院の御前の桜を御覧じても、花の宴のをりなど思し出づ。「今年ばかりは」と独りごちたまひて、人の見とがめつべければ、御念誦堂にこもりゐたまひて、日一日泣き暮らしたまふ。夕日はなやかにさして、山際の梢あらはなるに、雲の薄くわたれるが鈍色なるを、何ごとも御目とどまらぬころなれど、いとものあはれに思さる。

入日さすみねにたなびく薄雲はもの思ふ袖にいろやまがへる　（源氏物語・薄雲[*4]）

夕日が山の梢を赤く照らし、その上に薄雲がたなびくこの風景には、おそらく極楽浄土のイメージが重ねられているのだろう。薄雲の色に自分の喪服の袖の色を通わせ、藤壺を喪った光源氏の悲しみと藤壺への恋慕の思いが、風景に託して語られている。

『建礼門院右京大夫集』六一番歌でも、作者の視線は「はるかに西の方」に向かっている。この歌のある種の不吉さは、『源氏物語』薄雲巻をあわせ読むことでその理由が理解される。風景の背後に死のイメージが潜んでいるのである。六一番歌は、資盛と出会ったころの心境を詠んだものとされているが、実は「資盛との出会いを後年になって振り返った時に蘇った心象風景のようなもの」[*5]と考えている。右京大夫は、『源氏物語』薄雲巻を意識しつつ、資盛の死後かなり時間が経った時期の追慕の情と、出会った頃の恋情をないまぜにしつつ、六一番を記したのではないか。いや、もしかしたら意識はしていなかったかもしれない。無意識のうちに、藤壺を喪った光源氏が死の世界を幻視しつつ、そこに自己投影していった心情を、自己の内に取り込んでいったのかもしれない。

次に、資盛が壇の浦でついに戦死したという報を受け、涙にくれる日々を送っていた作者が、資盛の遺言を思い出して、供養を実行するという場面を見てみよう。

たゞ胸にせき、涙にあまる思ひのみなるも、なにのかひぞとかなしくて、「『後の世をばかならず思ひやれ』といひし物を、さこそそのきはも心あわただしかりけめ。又おのづから残りて、あととふ人もさすがあるらめど、よろづのあたりの人も世にしのびかくろへて、何事も道ひろからじ」など、身一のことに思ひなされてかなしければ、思ひをおこして、反古選り出だして、料紙にすかせて、経書き、又さながら打たせて、文字の見ゆるもかはゆければ、裏に物をかくして、手づから地蔵六体墨書きに書き参らせなど、さま〴〵心ざしばかりとぶらふも、人目つゝましければ、うとき人には知らせず、心ひとつにいとなむかなしさも、なほたへがたし

すくふなる誓ひたのみてうつしおくをかならず六の道しるべせよ　（二二七）

など、泣く〳〵思ひ念じて、阿証上人の御もとへ申つけて、供養させたてまつる。さすがつもりにける反古なれば、おほくて、尊勝陀羅尼《そんせうだらに》、なにくれさらぬ事もおほく書かせなどするに、中〳〵見じと思へど、さすがに見ゆる筆のあと、言の葉ども、かゝらでだに、昔のあとは涙のかゝるならひなるを、目もくれ心も消えつゝ、いはんかたなし。そのをり、とありし、かゝりし、我がいひしことのあひしらひ、なにかと見ゆるが、かき返すやうにおぼゆれば、ひとつも残さず、みなさやうにしたゝむるに、「見るもかひなし」とかや、源氏の物語にある事、思ひ出でらるゝも「なにの心ありて」とつれなくおぼゆ

かなしさのいとゞもよほす水茎のあとは中〳〵消えねとぞ思ふ　（二二八）

かばかりの思ひにたえてつれもなくなほながらふる玉の緒もうし　（二二九）

右京大夫は、資盛からの手紙を用いて写経供養する。しかし、資盛の筆跡がついつい目に入って

しまい、涙をこぼしつつ読んでしまう。詞書の最後の部分の、『源氏物語』幻巻を引いた後に続く『『なにの心ありて』とつれなくおぼゆ」の解釈が従来問題にされてきた。[*6] まず、『源氏物語』幻巻の当該の部分を引用してみよう。

いとかからぬほどの事にてだに、過ぎにし人の跡と見るはあはれなるを、ましていとどかきくらし、それとも見分かれぬまで降りおつる御涙の水茎に流れそふを、（中略）いとうたて、いま一際の御心まどひも、女々しく人わるくなりぬべければ、よくも見たまはで、こまやかに書きたまへるかたはらに

かきつめて見るもかひなしもしほ草おなじ雲ゐの煙とをなれ

と書きつけて、みな焼かせたまひつ。　（源氏物語・幻）

光源氏は紫上の死後、「見るもかひなし」と言って、その手紙をみな焼いてしまった。ただ、『建礼門院右京大夫集』二一八番の詞書や、『無名草子』の『源氏物語』幻巻の当該箇所を引用した部分に「また、御文ども破りたまひて、経に漉かんとて」とある表現などから、『源氏物語』伝本の中に漉きなおして写経供養したという本文を持つものがあったのではないかと考える説も出された。[*7] しかし現在ではその可能性は否定され、むしろ手紙を焼かずに漉き直して供養すべきだという、後代の『源氏物語』読者の願望がこういう理解を生んだのだろうという推論が大方のようである。[*8]

とすると、『建礼門院右京大夫集』の「『なにの心ありて』とつれなくおぼゆ」は、紫上の手紙をみな焼いてしまった光源氏への非難のことばであったのだろうか。しかし、『建礼門院右京大夫集』二二八番の歌は、悲しさを誘う恋人の筆跡はいっそのこと消えてしまえと詠んでいる。つまり、光源氏のようにいっそ手紙を焼いてしまったほうがいいと言っているのだ。この歌から考えると、「なにの心ありて」を手紙を焼いてしまった光源氏に対する非難とするのは無理があるだろう。二二八番詞書の「『なにの心ありて』とつれなくおぼゆ」の「つれなく」の語は、二二九番歌にも見いだされる。二二九番では、生きながらえている自分の命を「つれなく」思っているのである。右京大夫は、最愛の紫上と死別した光源氏に自分の境遇を重ね合わせ、手紙の処分という共通の行為を比較する。光源氏は悲しみのあまり筆跡を見るにたえられず、全て焼いてしまったのに比べて、自分は「つれなく」も（一見平然と）恋人の筆跡を読んでいる。そういう自分に対する嫌悪の情の表白と解すべきではないだろうか。

次に、自分自身を女君になぞらえたと思われる箇所を掲げてみよう。

雪の深くつもりしあした、里にて荒れたる庭を見いだして、「けふこむ人を」とながめつゝ、うす柳の衣、紅梅のうすぎぬなど着てゐたりしに、枯野の織物の狩衣、蘇芳の衣、紫の織物の指貫着て、ただ引き上げて入りきたりし人のおもかげ、わがありさまには似ず、いとなまめかしく見えしなど、つねは忘れ難くおぼえて、毎月おほくつもりなれど、心

にはちかきも、かへすぐ〴〵むつかし
年月のつもりはててもそのをりの雪のあしたはなほぞ恋しき　（一一四）

資盛が突然訪れて来た雪の朝の思い出である。この歌については『源氏物語』浮舟巻が想起される。匂宮が、雪の朝突然に宇治の浮舟のもとに訪れるという著名な場面である。

京には、友待つばかり、消え残りたる雪、山深く入るままに、やや降り埋みたり。常よりも、わりなき稀の細道を分け給ふほど、御供の人も泣きぬばかり恐ろしう煩はしきことをさへ思ふ。しるべの内記は式部少輔なむかけたりける。いづ方もいづ方も、ことごとしかるべき官ながら、いとつきづきしく、引き上げなどしたる姿も、をかしかりけり。かしこには、おはせむとありつれど、かかる雪にはと、うちとけたるに、夜更けて右近に消息したり。あさましう、あはれと君も思へり。

この後匂宮は浮舟を船に乗せ、隠れ家に連れて行く。その時のふたりの様子は、

宮も、ところせき道のほどに、軽らかなるべきほどの、御衣どもなり。女も、脱ぎすべさせ給ひて細やかなる姿つき、いとをかしげなり。ひきつくろふこともなくうちとけたるさまを、

いと恥づかしく、まばゆきまできよらなる人に、さし向かひたるよと、思へど紛れむ方なし。
なつかしきほどなる白きかぎりを五つばかり、袖口、裾のほどまでなまめかしく、色々に、
あまた重ねたらんよりもをかしう着なしたり。

というもので、匂宮は狩衣・指貫、浮舟は白い衣を五枚だけという下着姿であった。浮舟は匂宮を「まばゆきまできよらなる人」といい、それに対して何の身繕いもしていない自分の姿を恥じている。

資盛が右京大夫の里を訪れたのも雪の朝であった。匂宮同様、狩衣に指貫姿であった。雪の朝の資盛の訪問は、右京大夫にとってうれしい出来事であっただろう。その幸福な記憶が、愛読する『源氏物語』の場面と重ねられるのは自然なことであっただろう。資盛を匂宮に、自らを浮舟になぞらえ、実体験と物語がないまぜになって、回想された場面ではないだろうか。

最後に同じく『源氏物語』の女君に自らをなぞらえた歌をもう一例掲げてみよう。

山里なるところにありしをり、艶なる有明に起き出でて、まへちかき透垣に咲きたりし
朝顔を、「たゞ時のまのさかりこそあはれなれ」とて見し事も、たゞ今の心地するを、
「人をも花は、げにさこそ思ひけめ、なべてはかなきためしにあらざりける」など、思ひ
つゞけらるゝ、ことのみさまぐ〵なり

身のうへをげにしらでこそ朝顔の花をほどなきものといひけめ　（一一五）
有明の月に朝顔見しをりも忘れがたきをいかで忘れん　（一一六）

この部分、『源氏物語』朝顔の巻の

見しをりのつゆわすられぬ朝顔の花のさかりは過ぎやしぬらん　（光源氏）
秋はてて霧のまがきにむすぼほれあるかなきかにうつる朝顔　（朝顔の君）

の贈答に通うものがある。光源氏の歌の「朝顔」は、姫君の寝起きの顔であり、二人が以前持った情交を暗示している。一方朝顔の姫君の歌の「朝顔」は、自らのはかない運命の比喩として詠まれている。右京大夫は、『源氏物語』のこの贈答歌を思い浮かべながら、垣根に咲く朝顔の花を資盛と共に見た思い出を回想し、記したのではないだろうか。

3

以上が、『建礼門院右京大夫集』において『源氏物語』を摂取しつつ詠まれたと思われる例である。いずれも、恋人平資盛にまつわる歌であることは興味深い。平家文化圏において『源氏物語』

が盛んに読まれ、復元が試みられていたことは先に述べたが、『建礼門院右京大夫集』におけるこうした例も、その一端を示すものであろう。右京大夫の周辺では、恋愛の様々な場面において、自分たちや、自分たちがおかれた境遇を、『源氏物語』になぞらえるという文化的状況があったのかもしれない。個人的な体験に寄り添うかたちで、『源氏物語』を読み、摂取してゆく。こうした『建礼門院右京大夫集』に見られる『源氏物語』摂取は、平家文化圏における『源氏物語』受容のあり方によって理解されるべきであろう。

『建礼門院右京大夫集』六一番、一二八・一二九番は、愛する人を喪った光源氏に、一一四番、一一五・一一六番は光源氏に愛された女君に、それぞれ自分の境遇を重ねていた。右京大夫にとっての『源氏物語』は、人を愛し、別れを悲しむ人生の営みの中で、繰り返し反芻される物語であった。虚構の物語であることを超えて、右京大夫にとっては自分自身の人生に寄り添って読まれ、理解されるものであったと思う。『建礼門院右京大夫集』は冒頭に掲げた序文に記しているように、あくまでも私的な体験を綴った集であった。右京大夫は優劣という基準でこの集を読んでほしくないと言う。藤原定家のように、意識的な手法のもとに『源氏物語』を摂取していたわけではないのである。『源氏物語』の中で登場人物たちが自分と同じように喜び、悲しむことに支えられ、そこに自分の体験を重ね合わせながら、自分の半生を振り返ろうとした。『建礼門院右京大夫集』は、自分自身で言うように、『源氏物語』摂取においても、あくまでも個人的な体験に寄り添うかたちで行なわれたのであった。

注

＊1　『建礼門院右京大夫集』の本文は、九州大学付属図書館蔵細川文庫本によるが、表記・詞書の句読点等は私意に拠る。

＊2　糸賀きみ江「平家物語」（『講座日本文学　平家物語　下』昭五三・三、至文堂）、生澤喜美枝「平家文化とその周辺」（『岩波講座　日本文学史　第四巻　変革期の文学Ⅰ』平八・三）など。また、『源氏物語』紅葉賀巻の青海波の受容を論じた近年の論文として、堀淳一「後白河院五十賀における舞楽青海波―『玉葉』の視線から―」（『古代中世文学論考第三集』（平一一・一、新典社）、三田村雅子「青海波再演―「記憶」の中の源氏物語―」（『源氏研究』五、平一一・一、翰林書房）以下の論考がある。

＊3　右京大夫が、資盛、隆信との関係を記した箇所において、自らを『源氏物語』の浮舟になぞらえているのではないかという論は、樋口芳麻呂「隆信と右京大夫の恋」（『国語国文学報』三〇、昭五一・一一）、家永香織「『建礼門院右京大夫集』試論―二つの恋をめぐって―」（『国語と国文学』平七・三）にある。

＊4　六一番歌の解釈については、谷知子「『建礼門院右京大夫集』六一～六四番の解釈をめぐって」（フェリス女学院大学『玉藻』三〇、平六・六）を参照されたい。六一番歌と『源氏物語』との関わりについては、平成六年七月一六日和歌文学会七月例会における口頭発表の席上で、三角洋一氏より御教示を受けた。

＊5　『源氏物語』本文は、『日本古典文学全集　源氏物語』（小学館）による。

＊6　注＊3　前掲論文。

「『なにの心ありて』とつれなくおぼゆ」の解釈として代表的なものに、「源氏は『見るもかひなし』といったのは出家の志あっての上であるが、自分が手紙を処分したのはどういう志があっての事か、そう思えば源氏の例の思い出されることさえ情けないというのである」という説（本位田重美『評註建礼門院右京大夫集全釈』昭二五、改訂版昭四九、武蔵野書院）（藤平春男『鑑賞日本の古典　建礼門院右京大夫集　とはずがたり』昭五六、発行尚学図書、発売小学館）、死者の手紙を持ち出して悲しみをあらたにしてしまったことへの自省とする説（久徳高文『建礼門院右京大夫集』昭四三、桜楓社）、文学趣味から抜けきらない自身への一種の自己嫌悪と見る説（久保田淳「建礼門院右京大夫集評釈二一」『国文学』学燈社、『古典文学全集　建礼門院右京大夫集　とはずがたり』平一一、小学館）（糸賀きみ江『新潮日本古典集成　建礼門院右京大夫集』昭五四、新潮社）、心のゆとりに対する自省とする説（三角洋一『日本の文学　古典篇　更級日記　建礼門院右京大夫集』昭六一、ほるぷ出版）（松本寧至『追憶に生きる　建礼門院右京大夫集』昭六三、新典社）などがある。稿者の解釈は、本文中に述べたような理由で、三角氏、松本氏に最も近い。

＊7　池田亀鑑『源氏物語大成　研究篇』（中央公論社）。

＊8　阿部秋生『源氏物語入門』（平四、岩波書店）は、当時の『源氏物語』解釈のゆるやかさと考え、「われわれのように一字一句にこだわってぎしぎしと読んでいたわけではなかったことは確かです。」と言う。後代の願望による再解釈とするのは、辛島正雄「『幻』巻異聞―『無名草子』の評言から―」（『徳島大学教養部紀要（人文・社会科学）』二四、昭六四・三）、吉海直人「『消息を経紙に漉き直す』話―シンポジウム遺文―」（『古代文学研究　第二次』四、平七・一〇）、松木典子「『源氏物語』紫の上追憶攷―幻巻・文焼却検討を通して―」（『中古文学論攷』一八、平九・一二）。『源氏物語』幻巻の解釈と受容については、三村友希氏（大学院演習レポート・『物語研究』二、平一四・三所収）に多くの教示を得た。

＊9　『建礼門院右京大夫集』一一四〜一一六番における『源氏物語』の影響については、「『建礼門院右京大夫集』上巻の成立と構造」（フェリス女学院大学『国文学論叢』平七・六）に論じたことがある。

（平成一一・二稿）

付記

本稿は、『和歌文学大系　式子内親王　俊成卿女集　建礼門院右京大夫集　艶詞』（平一三、明治書院）より遅れて上梓されることになった。解説において本稿の上梓を「一三年四月」と、予定によって記していたことを修正しておきたい。また、近年盛んに論じられている感のある、新古今歌人の本歌取り、本説取りが彼らの現実とどう関わるかという問題についても言及していないが、平家文化圏の源氏摂取が新古今歌人のそれの先蹤と言えるのかどうかについても、また稿を改めて再考してみたい。

『源氏物語』ほか平安和文資料における「とし」「スミヤカ」「早し」

——意味負担領域から見る和漢混淆史——

安部清哉

はじめに

平安時代の日本語というのは『源氏物語』や『枕草子』に見られる言葉であって、その日本語が（多少の変化を経て）現代の日本語につながっている、と一般には受け取られている。概略としてはその通りであるが、同じ平安時代の言葉でも、源氏などで使用された言葉（和文語）が現代に伝わらず、それらとは異なった別の資料群で使用されていた言葉（漢文訓読語・記録語）の方が、中世での和漢混淆を経て現代へと残っていく場合が見られる。標題に挙げた3語もそうで、『源氏』や『枕』で多用された「とし」は伝わらず、記録語とされる「はやし」が現代日常語として生き残っている。

それら生き残った方の日本語は、どのような理由で生き残り得ることができたのであろうか。

その背景を、「意味領域の広さ」（意味負担領域）（安部2000参照）という視点を仮設して検討していくための一階梯として、事例を「とし」「スミヤカ」「早し」に取り、〈和漢記〉の混淆前夜に当たる平安時代から見てみることにしたい。[*1]

1　意味の広さ・語の使用領域による比較

平安時代の日本語の文体には、和文体と漢文訓読体の2つがあり、その和文体を特徴づける和文特有語（和文語）と、漢文訓読体を特徴づける漢文訓読特有語（漢文訓読語・訓点語）とが、時に同義・同用法をもつ「二形対立」を形成しているは、夙に知られている。

それら「二形対立」を、先行研究を踏まえつつ、もっとも広く提示したのが築島裕（1963）である。その後、それらの対立の内実について、さらに詳細な検討が進められるようになってきているが、一方、和文語・漢文訓読語とは別に、記録体（変体漢文体・吾妻鏡体）における記録語の存在も明らかにされるようになってきた。

ところで、和文体と漢文訓読体（及び記録体）とは、中世以降になるといわゆる和漢（記）混淆と呼ばれる文体の混淆を生じるようになり、その中で、それぞれの特有語も一資料の中での混淆使用が増加していくことになる。中古の二形（ないし三形）対立が、中世で混淆した後、現代語として生き残った方の語形は、必ずしも和文語とは限らない。どのような語が残り得たのだろうか。

また、そこにはその語が残り得た何らかの規則性があったのだろうか。その問題を考えるために、ここでは、「とし」「すみやか」「早し」の三形対立を取り上げ、考察してみることにする。

和文語「とし」漢文訓読語「スミヤカ」の和漢対立は、築島（1963）でも指摘されているが、それにさらに、記録体における「早し」が加わる。峰岸明（1986）は次のように指摘する。

「また古記録では、漢文訓読語『スミヤカ』、仮名文学語『とく』に対応する語として『早〈はやく〉』が主として使用される」（峰岸1986、535頁）

「古記録では同様の表現（引用者注―速ヤカニ）に「早④」字が頻繁に使用されるのであるが、これは、副詞「はやく」の漢字表記と見るべきであろう。」（同、729頁）（引用者注―④は、『三巻本色葉字類抄』でのその語（スミヤカニ）における当該漢字掲出順位を表す。）

ハヤシは、後に詳述するように源氏にも26例使用されているが、トシの77例との差は明かである。記録体「専用語」というものではないが、記録体での使用が顕著という意味で、記録体特有語ということになる。[*2] この「三形対立」は、その後、ほぼ定説となったようで、例えば、『概説日本語の歴史』（佐藤武義1995、朝倉書店）でも、「三つの文体間で、同義の表現で異なる語形を用いている事例」（165頁）として、挙げられている。

この3語の中世での混淆以降の変遷を見るために、ここではまず、その直前の平安時代における意味・用法・文体の相違を考察してみたい。

3語の用法を分析していくと、意味的には、動作の速度を表すか（速度）、時間的期間的な短さや時期的に早い段階を表すか（時期・期間）どうかという点と、使用対象が、人・動物・乗り物・自然現象のいずれであるかという点などによって、区別できることがわかる。ここでは、それらの視点から用例を分類しながら、3語の中古での相違を明らかにしていくことにする。

2　『源氏物語』における「とし」「スミヤカ」「早し」

まず、中古和文資料を代表する『源氏物語』の3語の例数は次の通りである（『源氏物語大成』による）。下に示したように、索引や語彙表などによって数字に多少の相違がある。

スミヤカ0例
トシ　88例（トシ78、クチトシ5、ココロトシ3、シタドシ2。『古典対照語い表』ではトシ89、シタトシ2例とある。この3例の差異未詳。『源氏物語語彙用例総索引』では88例（トシ77、クチトシ6、ココロトシ3、シタトシ2）、クチトシが『大成』と異なる。以下、本論では総索引での数字で示す。）
ハヤシ　48例（ハヤシ26、語幹ハヤ17、イチハヤシ4、クチハヤシ1。『古典対照語い表』のハヤシ（クチハヤシを含む）・ハヤ・イチハヤシと同数）

以下、単純語での用例、次いで複合語での用例を見て行きたい。

（1）単純語での3語

①スミヤカ

源氏に用例のないスミヤカについて触れておくと、スミヤカは、『古典対照語い表』の14作品では、『土佐日記』1、『大鏡』1、『徒然草』6例である。次節で見る『竹取物語』は異本で1例、『宇津保物語』は5例である。いずれも漢文訓読語の影響が指摘されている作品ばかりである。また、女流の作品での例もない。スミヤカは、ハヤシが記録語とされながら和文にも少なくないのとは異なり、漢文訓読語というその文体的性格を明確にもっていたことがよくわかる（3—（3）『宇津保』のスミヤカ参照）。

②トシ

トシ77例のうち、馬の足が速いことをいう1例以外は、すべて「即座に・直ちに・直ぐに」と解釈することができるもので、短期間であることを表す〈時間・期間〉の例である。以下に、いくつか用例を挙げて見る。

「これ光とくまいらなんとおぼす」（夕顔1—243。以下、例文は総索引ないし全集本による。便宜的に漢字を当てた部分もある。巻名の後の数字は全集本の巻—頁数）。

これと同様の用例は「～まいり給へ」「～まいりたまはむ」「かうし～おろし給て」「～まひり給

へき」「～もわたり給はぬ」「～おき給て」「～おほとのこもる」「夜のなかさも～明けぬる心ちすれは」「～かへりまいり」「～すて給はむ」「～みかうしまいらせ」「～おきたまひて」「～ねいりぬる」などがある。これらは、その「動作の速度」そのものの速さを指すのではなく、何らかの時間的起点から「短時間・短期間」のうちに、当該の動作が完了していることを表している。

また、一見「動作の速度」を表しているように思われる例においても、前後の文脈に照らして（傍線部や部分訳など参照）、速度ではなく〈時間・期間〉が問題になっていることが理解される。

「さるへきふみともとくよみはてて（寮試に出される当然読むべき重要な漢籍を早い段階のうちに読み終えて）」（少女3―022）

「すこしあしなれたる人はとくみたう（御堂）につきにけり」（玉鬘3―104）

「いととくやをら出でたまひにければ、（直ぐさまそっと退出しておしまいになったので）」（竹河5―085）

「うちもまどろみたまはねば、ふと聞きつけたまひてやをら起き出で給ぬ。いととく這ひ隠れ給ひぬ。」（総角5―242）

最後の例は、薫が大君のところに忍び入るが隠れ出る場面で、「そっと起き出ておしまいになった。（そして）まったく直ぐさま這うようにして身をお隠しになった。」と解せる。全集本訳「すばやく」が動作（動き）そのものの俊敏さを訳したものであるなら、源氏での他例から見ても、また、後掲の速度のトシの例が動物「馬」であって人の体全体での動きでない点からも、当たらないであろう（特に姫君の動作にこの「素早さ」は不似合い）。

〈速度〉を表す例としては、一例だけ馬の足の速さを表す例がある。

「御厩に足とき御馬にうつし（移鞍）置きて、一夜の大夫をぞ奉れたまふ。」（夕霧4―420）

一例だけであるが、トシが有情物の速度にも使用できたことがわかる。ただし、注意されるのは、これが「動物」の動作である点である。

③ハヤシ

次に、ハヤシ26例を見てみることにする（語幹ハヤの例は後述）。まず、明らかに〈速度〉と解釈できる川の流れの例が2例ある。

「このかはのはやくおそろしきことを」（浮舟6―159）

「涙の河のはやき瀬をしからみかけて」（手習6―290）

次に、〈速度〉そのものではないが、その意味を受けてその「機敏さ」の比喩表現と言える例がある。

「（調合したお香）梅花はなやかに今めかしう、すこしはやき心しらひをそへて、めづらしきかをり加はれり。」（梅枝3―401）

全集本の頭注では「鋭い心づかい。匂いの特徴を表す比喩的な表現。」と解している。右の川の例は、「自然現象」での使用領域と位置付けられるが、今回の資料の範囲では、トシには、人以外の動物（有情物）の例はあっても、自然現象（無情物）での例は見られなかった。

これ以外の23例は〈時期・期間〉の例であるが、それらは「直ちに。即座に。」と解釈できるものと、「既に。以前。」と解釈できるものとがある。この相違は、前者が命令文などに使われる場合のものであるに対して、後者が過去の時制の場合であるという相違による。

まず、「直ちに。即座に。」と解釈できる8例は、すべて会話文で命令文相当である（［会話］命令文用法とする）。

「『はやうものせよかし』」（花宴1―434）

「『はやく申給へ』とて」（玉鬘3―098）

「『はやくよきさまにみちびききこえたまへ』」（玉鬘3―108）

「『はやう』と御むかへのきむたち」（真木柱3―364）

「『はやうものしたまへ』と」（藤裏葉3―427）

「『はやくまいりたまひね』と」（若菜下4―206）

「『はやうおりさせ給へ』」（宿木5―476）

「いまひとりおりて『はやう』といふにあやしく」（宿木5―476）

次に、「既に。以前。」と解釈できるのは15例で、すべて過去時制での使用例である（過去文用法）。一部を挙げる。

「はやうまだいと下らうに侍しとき」（帚木1―147）

「はつせ河はやくの事はしらねどもけふの逢ふ瀬に見さへながれぬ」（玉鬘3―110。以前の初瀬川のことは知らないが、今日の～）

「清水にて行あふみちははやく絶えにき」（若菜上4―074）

次の例は、これとは多少異なった用法であるが、「もともと・もとより」と訳され、「以前よりそうであった（ところの）～」という内容である。「けり」と共起している点でも、過去文用法と同じととれる。

「見し心地する木立かな、と思すは、はやうこの宮なりけり。」（蓬生2―334）

次に、語幹用法ハヤの用法であるが、〈時期・期間〉の例に限定されるようである。〈時期・期間〉の例の内容は、ハヤシと同様であるので一部の例を挙げるにとどめる。まず、命令文用法としては、「直ちに。即座に。」の意味で次のような例がある

「『はやまうで給ひね』」（野分3―259）、「『はや御覧ぜよ』」（手習6―274）、「『はや帰らせ給なん』と」（夕顔1―254）

また、過去文用法では「既に。以前。」の意味で、次のような例である。

「おやたちははやうせ給にき」（夕顔1―259）、「御かたははやうせ給にき」（玉鬘3―103）

語幹の副詞用法は、『岩波古語辞典』では「①はやく。さっさと。命令文などに使って、催促の気持を表す。」「②はやくも。すでに。」とされているものに該当するであろう。

次の例は一見すると〈速度〉のようにも見受けられるが、他例から見て手順・段取りの上での

催促の意味で「次は（迷わず）すぐ。さっさと。」であって、車を入れる段階での動作を問題にしているのではないといってよいだろう。

「人人をことかたにかくし給て『はや御車いれよ』」（宿木5―475）

（2）複合語でのトシ・ハヤシ

複合語のクチトシ・ココロトシ・シタトシと、イチハヤシ・クチハヤシを、紙幅の都合もあるので簡単に見る。

トシの複合語クチトシの例は、「受け答えの間が早い」（岩波古語）と解せるもので、返答までの時間の短さであるから〈時間・時期〉の範疇である。ココロトシの例は、「察しがよい・せっかち」（同）とされ、気の回し方の早さという点では心の動きの〈速さ〉として〈速度〉に入れられなくもないが、心の動きは目に見える動作ではないので、動作の速度の範疇でないという見方もできる。また、源氏のトシには、人の動作での確例がないこと、次に見る〈動作〉を表すシタトシが、マイナスの意味をもっていることを考慮すると、動作の速度の範疇ではなく、むしろ、相手の心を読み取る反応の短さという点で〈時間・期間〉に入れて解釈しておくのが適当と思われる。

シタドシは、文字通り「早口」（岩波古語）であり、〈速度〉にあてはまる。しかし、源氏には、人に使われた速度の例がない点で、この速度と解釈するしかないシタドシがやや特殊であることが推察される。用例を点検すると、次のように、このシタドシは、３例ともマイナスの意味を負って使用されていることがわかる。

「（近江の君）『せうさい、せうさい（小賽）』とこふこゑそいとしたときや。あな、うたてとおぼして」（常夏３―234）

「れいのしたどにて、」（常夏３―235）語幹用法の例

近江の君に使われた２例で、後者は語幹の例である。「あな、うたて」とあることからもうかがえるが、近江の君の話し方にはほかに、「声のあはつけさ」「舌の本性にこそはべらめ。」ともあるように、明らかに欠点として挙げられ、マイナスの意味をもって使用されている。その早口は、名詞例で「どうやって直そうか」ともある。

「『このしたどやめはへらむ』と、おもひさはぎたるも」（常夏３―326。全集本「したど」）

そこでは「おし（唖）・ことどもり（言吃）」と併記されている。このマイナスに意味合いは、賢木巻の右大臣に使われた名詞（形容動詞）シタドの例でも同様である。

「のたまふけはひのしたどにあはつけきを」（賢木２―137）

シタトシにはっきりとマイナスの意味があることがわかる。そこから推して、動きを表すトシそのものが、少なくとも源氏では「動きの素早さ。機敏さ。」というようなプラス評価をもっているのではなく、むしろマイナス評価であったのではないかと推察される。

思えば、下仕えの者は別として、平安貴族にとっては、その俊敏な動作や足の速さなどという

行動そのものが、もとより無縁な世界であったろう。そのことを考えても、その平安宮廷社会の和文語の世界にあって、それを特徴づけるトシが、人に関しては〈時間・期間〉の用法に偏るということも、その特有語としての特性の一部と言えるのではないだろうか。また、これによって、源氏において、単純語では、速度を表す人のトシの例がなかったことの理由も理解できよう（『枕草子』のトシ参照）。

以上、トシの複合語の用例においては、〈時間・時期〉9例〈速度〉2例となる。

一方、ハヤシの方のイチハヤシの場合、イチは、「『いちしるし』の『いち』と同じく、程度のはなはだしい意を表す『いた』『いと』と同根であろう。また、神意の強大さを表す『いつ』とも連続する。」（『古語大辞典』渡辺昭五）と解釈できるであろう。副詞的性格をもつイチは、「接頭語的用法にたつ」（『古語大辞典』東辻保和）という点で、「接辞＋形容詞」の程度副詞強調複合形と解釈できる。他の複合語（トシの3複合語とクチハヤシ）が「名詞＋形容詞」の複合であるのとは異なって、意味的には単純語形と同じもの（強調形）と解せるので、ここでは別に扱うことにする。

クチハヤシは、「受け答えの間が早い」（岩波古語）の意味となる。

「（歌）くちはやしときさて（返歌）」（竹河5―062）

意味的にはシタトシと同じである（中世には、「ものの言い方が早い。読むのが早い。」（古語大辞典）の意味が生じるがいまは置く）。

このクチハヤシ1例と、同じように解釈されているクチトシ6例との相違は今回は見出し難かったが、トシの例数が多い点では、トシが〈時間・時期〉を表すのに相応しかったことが投影しているようにも思われる。

	トシ	ハヤシ
〈時間・時期〉	クチ　・トシ　6	クチ・ハヤシ　1
〈時間・時期〉	ココロ・トシ　3	
〈動作の速度〉	シタ　・トシ　2　（マイナスの意味）	

全体としては、名詞との複合語の形成において、和文資料ではトシの複合語が多くハヤシが少ないところに、和文語としてのトシと、記録語としてのハヤシの相違が投影していると言えよう（総数用例数の比率ではおよそ9対5（88対48例）であるが、複合語では11対1。）

3　その他の平安和文資料における「とし」「スミヤカ」「早し」

ここでは、中古作品の中でも初期を代表する『竹取物語』『土佐日記』、中期を代表し、源氏に継ぐ長編『宇津保物語』と源氏に並ぶ『枕草子』における3語を見てみることにする。

（1）『竹取物語』における「とし」「スミヤカ」「早し」

竹取には、トシ2、スミヤカ0、ハヤシ2（語幹用法7）例がある（山田忠雄『竹取物語総索引』による。『古典対照語い表』も同じ。）。

用例を広く拾うために『九本対照　竹取翁物語語彙索引』を見ると、諸本合わせて、トシ4、スミヤカ1、ハヤシ5例を見ることができる。これらも、後に加味して考察する。

古活字版十行本（山田索引底本）のトシ2例は次のものである。

「あゆみとうする馬をもちてはしらせん」（18オ）

「『いまは降ろしてよ』（略）あつまりてとくおろさんとてつなをひき過して」（32オ）

前者は、馬の足の速さをいうもので〈速度〉の例、後者は、「即座に。すぐに。」で〈時期・期間〉の例である。古活字版十行本以外の他本の例でも、

「かくやひめにとくみせたてまつり」（古本）

「『はやとく返し給へ』（略）返さむこといとやすし」（古本、十行本、正保刊本、武田本、内閣本、竹取物語）

のように、いずれも「即座に。直ちに。」である。竹取のトシでも〈速度〉を表すのは、動物（馬）で、源氏と同様である点は注意される。

4例目では、ハヤシの語幹ハヤと共に現れるが、このハヤの方は間投詞的な用法と解釈される

もので、「さあ、（すぐに～）」と訳されよう。

スミヤカの例は、古活字版十行本にはないが、他本での1例は、

「中納言の給はく、『よき事なり』とて、すみやかに、あならゐこほちて、人みなかへりぬ」（292、古本）

とある。「早速。直ちに。即座に。」で、行為を決定してから動作の完了までの時間的短さを表している。

ハヤシの古活字版十行本の2例は、共に風の例で、自然現象での〈速度〉になる。

「はやき風吹きて世界くらかりて」（24ウ）

「少光て風は猶はやく吹」（26オ）

他本の3例では、諸本では語幹ハヤという形でも現れるものであり、「はやく返し給へ」「はやくやきて見給へ」「はやうころし給てよかし」（次の語幹用法の例参照）というもので、「直ちに。即座に。」の意味である。

語幹用法の7例は、用例は省略するが、いずれも命令文で使用されたもので、「はやかみにいのりたまへ」「はやころし給てよかし」など、源氏の命令文用法と同じものばかりである。

以上、竹取での用法は、トシは速度（動物）（1例）、時期・期間（1＋2）、スミヤカは時期・期間（0＋1）、ハヤシは速度（自然現象）（2）、時期・期間（0＋3）となる。用例が少なくはっきりした差ではないが、トシの速度はやはり動物であること、ハヤシが、速度と時期・期間の両

方に使用されていること、がわかる。

（2）『土佐日記』における「とし」「スミヤカ」「早し」

『土佐』にはトシ4、スミヤカ1、ハヤシ2（他に語幹用法は2）例がある。

トシは、3例が時間的短さで、1例は舟の速度をいうものである。次の3例は、順に「短期間のうちに」「すぐさま」「即座に」などの意味である。

「『いかで、とく京へもがな』とおもふこゝろあれば」

「『とく』とおもふふねなやますはわがためにみづのこゝろのあさきなりけり」

「とまれかうまれ、とくやりてん。」

2例目は、船の速度のように一見思われるが、「かはのみづひて、なやみわづらふ。（略、用例の歌を挟んで）このうたは、みやこちかくなりぬるよろこびにたへずして、」と続くことや、1例目と同様の表現であることから見ても、「スピードを上げて進んでほしいと思う舟」というよりは、「すぐにでも京に着いてほしいと思う舟」の意味で、時間的短さの方に視点があると言ってよいであろう。次の例は船の速度の例である。

「くるしければよめるうた、（略）かくいひつゝ、来るほどに、『ふねとくこげ。ひのよきに。』ともよほせば」

漕ぎ手は人間であり、「こげ」と明示されている点からも、人の動作の速度が問題になっていると解釈できよう。

スミヤカの例は、次の男性の会話文での祈願表現のみである。

「(楫取)『このぬさのちるかたに、みふねすみやかにこがしめたまへ。』」

これは、「直ちに。即座に。」のようでもあるが、直前に「かいぞくおふといへば、よなかばかりよりふねをいだしてこぎくるみちに、たむけするところあり。」とあり、追ってくるという海賊から逃げ切るために夜中に出帆しているのであるから、逃げられるだけの舟の速度を祈願しているともとれる。一方、祈願の文脈からもわかるように、速度そのものというよりも、海賊の難から逃れることが主眼であるから、「支障なく。滞ることなく。」の意味合いを強くもっている。その点で、現代語での「速やかに提出してください。」などに通じるものである。

次に、ハヤシの例であるが、2例とも〈時期・期間〉の例である。

「このあひだに、はやくのかみのこ、やまぐちのちみね、さけ、よきものどももてきて」

貫之の「以前」の国守を言うもので、源氏で見た「既に。以前。」と同じ例である。

「(楫取)おのれしさけをくらひつれば、はやくいなんとて」

これは、文脈からわかるように「直ちに。即座に。」の意味である。

以上、『土佐日記』では、トシは〈時期・期間〉と〈速度〉、ハヤシは〈時期・期間〉、スミヤカは〈時期・期間〉の意味で使用されていることになる。

（3）『宇津保物語』における「とし」「スミヤカ」「早し」

宇津保はトシ64、スミヤカ5、ハヤシ55例（語幹のハヤが別に46例）であり、ハヤシの例が源氏よりやや多い。〈時期・期間〉を表すトシ・ハヤシは、源氏などと同様であるので、紙幅の関係上省略に従う。ここでは、トシ・ハヤシの〈速度〉の例と、和文での用例の少ないスミヤカの全例を挙げることにする。

トシの〈速度〉の例として、人（忠こそ、俊蔭）が走る場面で「速足」の意味で使用されたトキアシ（疾足）という例が2例ある（現代語の「速足」にあたる）。

「この御まへにあそばすおほんことのねするかたにむきて、ときあしをいたしてはしる。」（272—5）

「をの、こゑのきこゆるかたに、ときあしをいたして、こはきちからをはげみて、」（6—4）

この後者は、『宇津保物語　本文と索引』では、トシ（疾）に掲載されていないもので（前者もトキアシではなくトシの連体形としてある）、その5行後のハヤキアシの例を検索中に見つけたものである。「時」の該当頁行にあるので、「時足」と解釈したようであるが、辞書類に「時足」の例はなく、前者と同様の「いたす」があるから、「疾足」であろう。トシの人の例となるが、人でも足の動きに限定して複合名詞化させた使用である点に、トシとしての制限が感じられる。

ハヤシでは、人の動作で2例、動物で馬1例、自然現象は計7例（風が5、川の流れ2）がある。

ここでは、順に、人の速足の1例、陀羅尼を読む1例、馬の1例を挙げる。
「としかげ、いさおしきこゝろ、はやきあしをいたしてゆくに、」(6―8)
「りんしはかぢまいり給。さらに、はやきだらによまず。」(1425―7)
「少将のぶかた、つかさにはやからん馬はやめしにつかはして、」(1886―4)
1例目は、人が走る例で、先に見たトキアシの2例目の直後にあるものであるが、ハヤアシという複合名詞ではない。意味的差異は見出しがたかった。このようにハヤシでは〈速度〉の用例が、人・動物・自然現象いずれにも偏りなく使用されていることがわかる。
次に、スミヤカの5例を挙げる。
「あすらいかれるかたちをいたして、『(略)いかにおもひてか、人の身をうけてなむぢがこゝにきたれる。すみやかにそのよしを申せ』と」(8―2)
「あすら『(略)なむぢがいのちをゆるし給。なんぢすみやかにまかりかへりて、あすらのために大般若をかきくやうせよ。(略)』」(9―8)
「はかせともだちよりすゑまで、わらふ事かぎりなし。うも(衆共カ)のずそあらくてけさうす。『(略)すみやかにまかりとゞまり給へ。いとふびんなり。ゐんをもをひてすてん」(437―9)
「山ぶし、くれなゐの涙をながしてそうす、『(略)たましひしづまらずして、すみやかにまかりこもりて、山はやしをすみかとし、』」(547―2)

「中将すゞしそうす、『山ぶしの申侍し、『(略)すみやかに、いまはいさめるけだ物に身をせし、ふかきたに、かばねをさらしてん』と申て、(略)』とそうす。」(560—7)

意味的には「直ちに。即座に。」と解せる。すべて会話文という偏りがあるが、むしろその話者に特徴があり、順に、阿修羅、阿修羅、博士(あるいは衆共)、山伏、山伏である。博士は、漢文訓読語の世界の人間そのものであるが、その他は言わば、平安貴族から見て、異なる世界の人間である。やはり、平安和文とは、異なる世界の言葉として使用範囲が意図的に制限されていることがうかがえよう。

(4)『枕草子』における「とし」「スミヤカ」「早し」

枕草子では、トシ67、スミヤカ0、ハヤシ12例(ほか語幹5例)であり、圧倒的にトシが多い。トシでは、〈時期・期間〉を表すものが62例とやはり多く、それらは他の資料と同様のものであるので ここでは省略する。〈速度〉と思われる例が他の資料に比べてやや多いので、その5例を取り上げる。まず、車の例を2例挙げる。

1「走らせて土御門ざまへやるに、(略)供に侍三四人ばかり、ものもはかで走るめり。『とく遣れ』と、いとどいそがして、土御門にいき着きぬるにぞ、あへぎまどひておはして、この車のさまをいみじう笑ひ給ふ。」(95段)

既に車を走らせている最中に、「とく遣れ」との催促であるから、「直ちに」ではなく、「(もっと）速く走らせよ」ととれよう。

次は「人の車を借るをりもあるに」の段である。

2「牛飼童、例のしもじよりも強く言ひて、いたう走打つも、（略）をのこどものものむつかしげなるけしきにて、『とう遣れ。夜更けぬ先に』など言ふこそ、」（一本28段）

「ひどく鞭打ち走らせ」（大系本）ている状況での言葉であるから、やはり牛車の速度について「速くやれ」と表現されていると解せよう（「とっととやれ」（大系本））。

次の3例は、人の動作の例である。

3「あなたも御膳参る。『うらやましう、方々の皆参りぬめり。とくきこしめして、翁媼に御おろしをだに賜へ』」（100段）

「食事を早く食べ終えて」の意であり、「短時間に」とも解釈できるが、やはり実際の動作の速さも伴わざるを得ないであろう。マイナスなどの特別な意味合いは認められない。

次の2例は、「ねたきもの」の段の「とみの物縫ふ」の話である。

4「御衣の片身づつ、誰かとく縫ふと、近くも向はず、縫ふさま」（91段）

5「いととく縫ひはててうち置きつる」（同）

2例共、「短時間のうちに。直ぐに。」と解しても問題はない。一方、この切羽詰まった急ぎの場面を考慮すると、この「短時間」には、どうしても縫う速度の速さの方が実質的に伴っていなければあり得ない場面であろう。例えば、本来は、「短時間に」の意味であるものが、この場面性ゆえに、一見〈速度〉と解釈できるように見えるに過ぎないという解釈もできないわけではない。ここでは3と同様、速度に入れておくことにしたい。やはりマイナスの意はない。

『枕草子』のトシを見ると、トシも人の動作の速度を表す用法をもっていたと見なせるが、『枕草子』以外ではまれで、舟・車やトキアシ・シタトシの例など乗物や「身体の一部」にやや偏りが認められる。

　ハヤシの12例のうち、次の10例は〈時期・期間〉である。

「(雪が)『はやく失せ侍りにけり』」(83段)[既に]

「(針の糸を)はやくしりを結ばざりけり。」(91段)[以前に。過去の時点において。]

「(右の例の続き)御背あはすれば、はやくたがひたり。」(91段)

「(同右)『はやく、これ縫直せ』」(91段)[直ちに]

「『ゆかしからぬことぞ。早く過ぎよ』と」(95段)[直ちに]

「梅の皆散りたる枝を、(略)『早く落ちにけり』」(101段)[既に。とっくに。]

「日ごろ、籠りたるに、昼は少しのどかにぞ、はやくはありし。」(116段)[以前には]

「(除目に司)はやうありし者どものほかほかなりつる」(23段)[以前]

「はやう見し女のことほめいひ出でなどするも」(26段)[以前]

「はやう中后の宮に、ゐぬたきといひて、名高き下仕なむありける。」(99段)[以前]

自然現象の〈速度〉の例として2例、風・川がある。

「風早きに帆かけたる舟。」（159段）
「ただ、速からむ川に、」（239段）

4　平安初期・中期の和文資料における「とし」「スミヤカ」「早し」

平安前期から中期の和文資料主要5作品を見てきた。3語には、類義語とは言え、それぞれに使用頻度、意味範囲に上で、明瞭な相違が認められた。3語の意味範囲をまとめると次のようになる。

表1

	［文体］	［短時間］	［速度］［有意志］（人	／動物	／乗物）	［無意志］（自然）	［備考］
トシ	和文	○	△	○	○	×	人ではマイナス価値か
スミヤカ	会話命令	○	×	×	×	×	「支障無く」
ハヤシ	会話命令／和歌	○	○	○	×	○	歌語

トシとハヤシの使用範囲は極めて接近している。今回の資料では、トシには車・舟などの動く

物体（動体）の例があるがハヤシでは見られず、逆に、ハヤシには自然現象が見られるがトシには見られなかった。この使い分けの本質的基準は、必ずしもまだ明らかでない（詳しくは、別稿として論じる予定である）。舟・車などは、人の移動のために人が動かしている物という意味で、牛車・馬と同じ有情物扱いだったと解すると、トシは有情物に限定されていたのかもしれない。トシの人での例は、『枕草子』の食事・縫い物の例を除いて、ややマイナスの意味合いが見られたが、いずれにせよ、追加調査の必要がある。

ハヤシには、現代語で漢字「早」「速」で書き分けているような相違はもともとはなかったのであろう。

あくまで5資料の範囲に限定されるが、ハヤシは、使用頻度では和文特有語のトシに及ばないものの、意味的・文体的広さとマイナスの意味合いがない点で、もっとも広範囲の場面で使用可能な語である、と言えようか。そのことが、ハヤシの「生き残り」に影響した可能性が指摘できる（安部2000）。

中古の訓点資料と和歌における相違が問題になるが、それについては機会を改めて取り上げたい。

5　おわりに――今後の展望として

今回の3語については、中古だけでなく、上代、中世前期、中世後期、近世前期上方、近世後期江戸、近代までの主要資料によって、その変遷をおおよそながら概観してある。その詳細については、また機会を改めて報告していきたいと思っているが、今回見たように、3語のうち、ハヤシが最後に生き残るのは、中世の和漢（記）混淆以降の言語変化以前において、既にその要因となる素地が存在していたことによる可能性が高くなった。

また、この3語以外の二形（三形）対立の予備調査においても、今回示したように、その語が使用し得る意味的・位相的・文体的使用領域の広さ（意味負担領域）が、語の「生き残り」に影響している傾向が認められる。

和漢混淆現象と、それを経た、いわゆる中世後期以降の広義の近代語の成立を、語彙史研究上も文体史研究上も解明していくためには、和漢混淆以後にだけに注目してその要因を求めるだけでは、その言語変化のメカニズムの本質的解明としては不十分であり、その前夜にあたる時代をも調査対象として考察していく必要があろう。その際、この［意味領域の広さ］という視点が、有効性をもち得るのでないか、と考えている。

注

＊1　本稿は、安部（2000）と密接に関連するので併せて参照されたい。公表が前後しているが、本稿の執筆の方が先（1999年脱稿）になるもので、用語・表現が安部（2000）で多少整理されている。

＊2　『古典対照語い表』で、ハヤシがトシの例数を上回るのは、『蜻蛉日記』（24対23）と『万葉集』『古今集』『後撰集』の歌集である。その歌語的性格と『蜻蛉日記』の文体は改めて検討が必要である。

［参考文献］

安部清哉（2000）「和漢混淆の史的変遷における語の『意味負担領域』――『とし』『スミヤカ』『早し』の場合――」（遠藤好英編『語から文章へ』、平成12・8、東北大学大学院文学研究科国語学研究室）

木村真紀（1999）「『平家物語』における和漢混淆の文体史的方向性――『スミヤカ』『はやし』『とし』の『住み分け』と『生き残り』――」（『玉藻』35、平成11・9、フェリス女学院大学国文学会）

櫻井光昭（1984）「『平家物語』に見る和漢混淆現象」（『国語語彙史の研究五』、昭和59・5、和泉書院）

佐藤喜代治（1966）『日本文章史の研究』（昭和41・10、明治書院）

佐藤武義（1984）『今昔物語集の語彙と語法』（昭和59・5、明治書院）

築島　裕（1963）『平安時代の漢文訓読語につきての研究』（昭和38・3、東京大学出版会）

築島　裕（1969）『平安時代語新論』（昭和44・6、東京大学出版会）
築島　裕（1977）「日本語の文体」（『岩波講座　日本語10　文体』、昭和52・9、岩波書店）
永積安明（1989）「和漢混淆文の成立――『方丈記』と『平家物語』――」（『『平家物語』の構想』、平成1・5、岩波書店）
峰岸　明（1986）『平安時代古記録の国語学的研究』（昭和61・2、東京大学出版会）
山口仲美（1984）『平安文学の文体の研究』（昭和59・2、明治書院）

［テキスト・索引］
『竹取物語』『土佐日記』『宇津保物語』（日本古典文学大系）
『竹取物語総索引』（山田忠雄編、昭和33・6、昭和42・12再版、武蔵野書院）
『九本対照竹取翁物語語彙索引』（上坂信男編、昭和55・1、笠間書院）
『土佐日記　本文及び語彙索引』（小久保崇明・山田瑩徹編、昭和56・4、笠間書院）
『宇津保物語　本文と索引』（宇津保物語研究会編、昭和48・3、笠間書院）
『枕草子総索引』（松村博司監修、昭和42・11、右文書院）
『源氏物語大成』（池田亀鑑編、昭和28、中央公論社）
『源氏物語語彙用例総索引』（上田・村上・今西・樺島・上田編、平成6・12、勉誠社）
『源氏物語』（日本古典文学全集）

【付記】　本研究は、平成10～12年度日本学術振興会・科学研究費補助金基盤研究（2）（C）「日本語形容詞語彙年表の作成とその資料・語彙分析における活用法に関する基礎的研究」（課題番号10

610414、研究代表者・安部清哉）による研究成果の一部である。

【追記】初校後、次の2つの論を見出した。関　一雄（1993）「とく・早く・スミヤカニの意味—平安と院政鎌倉の用法について——」『平安時代和文語の研究』の第二章・笠間書院。山本真吾（1988）「今昔物語集に於ける『速ニ』の用法について」『鎌倉時代語研究第十一輯』武蔵野書院。小論及び安部（2000）の結論に大きな変更はないと考えるが、意味の解釈及び資料による相違など、比較参照しておかなければならない指摘が少なくない。機会を改めて取り上げたい。

執筆者一覧

安部清哉　1958年生まれ。フェリス女学院大学教授。著書に『概説日本語の歴史』（共著）朝倉書店。論文に「語彙・語法史から見る資料―『篁物語』の成立時期をめぐりて―」『国語学』184号1996・3他。

稲本万里子　1961年生まれ。恵泉女学園大学助教授。論文に「「源氏物語絵巻」の詞書と絵をめぐって―雲居雁・女三宮・紫上の表象―」『交渉することば』（叢書　想像する平安文学4）勉誠出版。「「源氏物語絵巻」の情景選択に関する一考察―早蕨・宿木・東屋段をめぐって―」『美術史』149号2000・10他。

井野葉子　フェリス女学院大学非常勤講師。論文に「〈隠す／隠れる〉浮舟物語」『源氏研究』第6号　翰林書房。「浮舟の山橘」『論叢源氏物語4　本文と表現』新典社他。

筧　雅博　1957年生まれ。フェリス女学院大学教授。著書に『蒙古襲来と徳政令』（日本の通史10）講談社。論文に「公家政権と京都」『岩波講座日本通史　中世2』他。

立石和弘　1968年生まれ。フェリス女学院大学非常勤講師。論文に「『とりかへばや』の性愛と性自認―セクシュアリティーの「物語」―」『男と女の言葉と文学』森話社。「美的表象と性的表象―そして語られざる『源氏物語』―」『ユリイカ』2002・2他。

谷　知子　1959年生まれ。フェリス女学院大学教授。著書に『式子内親王集／建礼門院右京大夫集／艶詞』（石川泰水氏と共著）明治書院。論文に「建久六年伊勢公卿勅使について―九条家と東大寺供養―」『国語と国文学』1999・8

三谷邦明　1941年生まれ。横浜市立大学国際文化学部教授。著書に『物語文学の方法ⅠⅡ』有精堂。『源氏物語の言説』翰林書房他。

三田村雅子　1948年生まれ。フェリス女学院大学教授。著書に『源氏物語　感覚の論理』有精堂。『枕草子　表現の論理』有精堂他。

フェリス・カルチャーシリーズ1
源氏物語の魅力を探る
【横浜社会人大学講座2】

発行日	2002年7月5日 初版第一刷
編　者	フェリス女学院大学©
発行人	今井　肇
発行所	翰林書房
	〒101-0051 東京都千代田区神田神保町1-14
	電 話 03-3294-0588
	FAX 03-3294-0278
	http://village.infoweb.ne.jp/~kannrinn
	Eメール●kanrin@mb.infoweb.ne.jp
印刷・製本	アジプロ

落丁・乱丁本はお取替えいたします
Printed in Japan. 2002.
ISBN4-87737-153-2